コンビニ強盗から助けた地味店員が、同じクラスのうぶで可愛いギャルだった

あボーン

ファンタジア文庫

3152

口絵・本文イラスト　なかむら

一章　再会

――もう無理死のう。


高校二年の春。

オレ、黒峰リクは幼少期から仲の良かった幼馴染に告白し――呆気なく振られた。

信じられるか？　小学生の頃は、一緒にお風呂に入ったり、同じベッドで手を繋ぎながら寝ていたんだぞ。中学生や高校生になっても一緒にお風呂に入る――ことは流石になかったが、共に登下校していたものだ。

いつだって一緒に居たオレたちは、よく周りからカップル扱いされていた。

ここまで来れば、誰だって両想いだと確信するだろ？　少なくともオレは確信していた。

だから幼馴染に告白したのだ。高校二年に進級するのに合わせて……。

だが、結果はどうだ？

『ごめんなさい。リクちゃんのことは、幼馴染というか、異性としては見てなかったの』

だってよ！　なんだよそれ！　オレを異性として見てないとか、なにそれ！

こっちは色々考えていたんだぞ！
付き合った後、どこへ遊びに行こうかとか、手を繋いで色んなところに行って……。
お互いドキドキしながらも、は、初体験したり……。
いずれ結婚して夫婦になって子供ができて——まで色んな想像を膨らませていたんだ！
なのに……ひでぇよ。異性として見てないとか、なんだよ。
オレは両生類か？　人外か？　ゲロゲロ。
「もうマジ無理ぃ、生きる価値見出せねえよー」
本気で幼馴染のことが好きだったのによー。両想いだと思っていたのによー。
勝ち戦だと思ったら負け戦どころか戦う前に負けていたでござる。はい切腹切腹～。
「どうでもいい。オレの人生なんてクソ食らえだ」
この辛い思いから逃れたい。

オレは——自殺することにした。

ただいまの時刻、午後9時なり。
誰にも見つからない自殺場所を求め、オレは自転車にまたがり山の方に来ていた。

家から三時間の距離である。もう帰るつもりはない。さよならだ。
荒く息を吐き出しながら舗装された山道を懸命に上る。
辺りは暗闇でまともに視界の確保ができない。自転車のライトだけが頼りだった。
「やべ、喉渇いた……死ぬ」
バカみたいに自転車を漕ぎ、汗がダラダラだった。オレの全細胞が水分を欲している。
どこかに自販機はないものか……。
自転車で進んでいると、少し行った先に明かりが見えた。
あれは――コンビニだ。
こんな山中にコンビニがあるんだな。いやー救われた気分だ。
砂漠で遭難した人がオアシスを発見したようなものだろ。
オレはルンルン気分でコンビニを目指す。
駐車場には一台も車が止まっていない。片隅で自転車が一台止まっているくらいだ。
今の時間帯だと、山中のコンビニに客は来ないのだろう。住宅地から離れているしな。
オレは自転車を止めてコンビニに向かう。
自動ドアを通り過ぎ、心地よい冷気が体を突き抜けた。くー、最高だ！
「いらっしゃいませー」

レジに居る女の子と目が合う。……なんだか地味な感じの女の子だな。

モッサリとした茶髪に、大きなメガネで素顔が見えにくい。

言い方は少し悪いが、教室の隅っこで大人しくしていそうなタイプに見えた。

「ぐっ！　うぅ……！」

な、なんということだ。急に腹が痛くなってきた！

「す、すみません。トイレ借ります……！」

「どうぞー」

店員さんに断りを入れてトイレに駆け込む。漏れそうだった。

ふぅ、スッキリしたー。

実に二十分近くに及ぶ大激戦だったが、何とか勝利を収めることができた。

「………つーかオレ、なにしてんだろ」

自殺するつもりで山まで来たのに、水分を求めてコンビニに来るとか……。

幼馴染に振られてサイクリングですか？

あー、やべ。最悪の気分になってきた。

幼馴染に振られたことを思い出したら死にたくなってきた。

何というか、全てに対して無気力になっていくような……自分の感情が消えていく。

さっさと飲み物を買って自殺場所を探しに行こう。

トイレから出て手を洗い、ドリンクコーナーに足を運んだときだった。

「おい！　早く金出せや！　ぶっ殺すぞ！」

野太いオッサンの声が聞こえてきた。……なんだ？

オレはスポーツドリンクを片手に、レジへ向かう。

するとニット帽をかぶった小太りのオッサンが、レジの地味な店員さんに包丁を突きつけていた。ふーん、コンビニ強盗か。

「早く金出せや！」

「ひっ……あ、あぅ……ぐすっ……ひぐっ」

あまりの恐怖に店員さんはグスグスと泣き出している。震えた手で必死にレジを操作し、お金を取り出そうとしていた。その手には硬貨しかない。

「あ、あの……ひぐっ……こ、これで……」

「あぁ!?　全部だよ全部！　てめぇ、硬貨だけ渡してどうするんだよ！　こういうときは万札だろうが！　常識的に考えてよぉ‼」

「ひぅっ！　ご、ごめんなさいごめんなさい！　……ぐすっ……っ！」

男の怒声を浴びせられた店員さんは、ついにボロボロと涙をこぼし始める。

あーあ、可哀想（かわいそう）にな。ていうか早くオレの順番にならないかなぁ。

さっきからオッサンの後ろに並んでいるんだけど、これ、どうしたらいいんだろう。

と、次の瞬間、クルリとオッサンがこちらに振り返った。

オレは反射的に頭を下げてしまう。

「あ、ども」

「ども……って、はぁあああああ⁉」

オッサンの驚き声が店内に響き渡る。うるせー。耳痛（いて）えー。

「な、なんすか。声、でかいっすよ」

「でかいって、おま……はぁああ⁉　どういうつもりだよお前！　どこから来た！」

「トイレです。トイレに居たんすよ」

「トイレか……じゃなくてよ！　お前、状況わかってる⁉」

「わかってますよ。オッサンがコンビニ強盗してるんですよね？」

「わかってたよ！　わかっててこの落ち着きっぷり！　お前は特殊部隊の隊員か⁉」

「いえ、自殺場所を求めている男子高校生です」

「闇深(ふけ)え！」

　なんかこのオッサン、テンション高いなぁ。

　こっちは今から自殺するんだぞ？　もう少し控え目にしてほしい。

　店員さんは店員さんで「すんっ……ぐすっ……」と泣き続けているし……。

「おいクソガキ！　オレを舐(な)めてんのか⁉」

「え？」

「オレに人は殺せねえと舐めてんだろ！」

　なにやらブチギレたオッサンが包丁を突きつけてくる。

　以前のオレなら小便を撒(ま)き散(ち)らすほどビビっていただろうが、今の虚無に陥ったオレには『包丁を向けられている』以外の感想は抱けなかった。

「ぶっ殺すぞガキ！」

「……殺せば？」

「へぇ？」

　なんとも間抜けな声を発するオッサン。

「いや、殺せよ。さっき言ったじゃん。オレ、自殺場所を求めているって」

「い、いやいやお前！　んな簡単に」

「家族を交通事故で亡くし、唯一の心の拠り所だった幼馴染にも振られて……もう人生が嫌になったんだよ」

「おま……まじか」

「やるなら早くやれよ。あとオレを殺した後、店員さんには手を出すなよ？　もし店員さんに危害を加えたらオッサンを呪い殺す」

店員さんを守ることがオレにできる最後の善行か。

オレはオッサンの顔を見つめながら堂々と言い放つ。

「殺せよ」

「くっ、あ……あっ！」

「殺せ」

「ぐ、ぅ……無理だぁあああ！」

そう叫ぶとオッサンは包丁を落とし、ダダダーとコンビニの外へ走って行った。

……んだよ、コンチクショウ。自殺場所を探す手間が省けると思ったのにな。

残念に思いながらスポーツドリンクをレジに置く。

「……ぐすっ……ひくっ……あ、あの？」

「会計お願いします」

「き、君……黒峰くん……だよね？」

「え？」

驚いた。地味な店員さんがオレの名前を口にしたのだから。

「……わ、私……同じクラスの……星宮、彩奈……だけど」

「……え？」

星宮彩奈とは、オレと同じクラスの可愛いギャルだ。

茶髪のポニーテールに、程よく化粧が施された綺麗な顔。さらにスタイルも抜群で、まず見た目からして男たちから注目される。性格に関しても非の打ち所がなく、明るく陽気で誰にでも優しい。教室内でもよく可愛らしい笑顔を見せている。

そんな星宮彩奈は、校内でもトップクラスにモテるとされる白ギャルだ。

ようはモテの権化みたいな存在である。

……………いや、ウソだろ。

オレには目の前の地味な少女が、とても星宮彩奈とは思えなかった。

じっくりと顔を見つめてみる。

モッサリした茶髪とメガネでわかりにくかったが、確かに輪郭は同じで面影が見えた。

「……えと、悪いんだけど……店長が来るまで……残ってくれないかな？」

「なんで？」

「そういう……規則だから……。色々と、話を聞かれると思うけど……」

「はぁ……分かった」

面倒だが仕方ない。星宮に迷惑をかけるわけにはいかないだろう。

オレは渋々頷くのだった。

やってきた店長に事情を説明し、今度は警察を呼び出しての話となる。

もうじき午後10時になるということで、詳しい話はまた後日ということになった。

ついでに言っておくと、オレが自殺するために山へ来たのは伏せている。

しかし防犯カメラの映像には、包丁を突きつけられたオレが堂々と振る舞っている場面が映し出されており、そのことについて警察や店長に突っ込まれてしまった。

最初は全部説明しようかと考えたが、絶対に面倒なことになると判断し『あのオッサン。ビビってたんでハッタリかましたんすよ～』と言っておいた。

懐疑的な大人たちだったが、最後にはオレの言葉を信用することになる。

もっとも『こんな危険なことをするな！』と本気で怒られてしまったが。

「すごいね、黒峰くん」

「え？」

いきなり褒められたんですけど。不思議に思い、隣に居る星宮の顔に視線をやった。

……泣き崩れた後の情けない顔をしている。

今、オレたちが居るのはコンビニの駐車場の片隅。自転車が置かれている狭いエリアだ。

山中特有のひんやりとした風が肌を撫でていく。周囲は真っ暗。コンビニ内から放たれる眩しい光が、星宮の横顔を照らし出し陰影を作っていた。

「あのコンビニ強盗が怖がっているのを見抜いて、即興で自殺志願者を演じたんでしょ？度胸凄いよね。頭も良いし」

純粋な瞳を輝かせた星宮が尊敬の眼差しを向けてきた。

あー、大人たちと同じく星宮も騙されていたのか。

ギャルのくせに綺麗な心をしているな。いや、今はモッサリメガネちゃんか。

「大人たちに言ったのは全部ウソだ。オレは本当に自殺するつもりだったんだよ」

「……え？」

「コンビニ強盗にも言ったけど、交通事故で家族が死んだのも事実だし、幼馴染に振られたのも事実だ。それで自殺しに来たんだよ」

あれは中二の頃だったか。両親と妹とオレの四人で街中を歩いてる時のことだった。

靴紐が解けたオレは立ち止まり、オレを置いて先に歩いた両親と妹に向かって——車が突っ込んだのだ。あれは一生忘れることのできない光景だろう。

まとめて人が吹き飛ぶ光景なんて、そう見られるものじゃない。見たくもない。

「そういうわけだ。じゃあな星宮」

オレは自転車にまたがり、漕ぎ出そうとして——グイッと腕を掴まれた。

なんだと思い星宮の顔を見る。ハッとさせられた。

星宮彩奈は——泣いていた。

とめどなく涙を流し、ぐすぐすと声を上げて泣いていた。

「ほし……みや？」

「すごく……すごく辛かったよね……。家族を亡くして……好きな人に振られちゃうなんて……ぐすっ」

「え？」

「きっと私なら……耐えられなかったと思う。だってね……もう、想像しただけで……ぐすっ……うぅっ……！」

恥も外聞もなく星宮は幼子のように泣いている。言葉すらまともに発せていない。

「すごいね黒峰くん……本当に、頑張って……生きてきたんだね……っ」

「――――っ」

慰めとかではない。本気で言っている。星宮は本気でオレに想いをぶつけている。

その滂沱の涙が何よりの証拠。

「ご、ごめんね、私は……平和な人生だったから……黒峰くんの辛い思いを……想像することしかできないけど……やっぱり、死んでほしくないよぉ……ぐすっ」

オレの腕を握る星宮の手に、ギュッと力が込められたのがわかった。

「星宮、とりあえず離して」

「わ、私のわがままだってわかってる……でもね、黒峰くん……生きて、ください……ぐすっ……」

なんだろうな。不思議な気分だ。

クラスでは明るく優しいギャルが地味な女の子の姿になって、泣きながらオレを心配してくれている。胸の奥にポッと温かく小さな火が灯ったような感覚だ。

「黒峰くん……ひぐっ……ぐすっ」

「はぁ……わかったよ。死なない」

「ほ、ほんとに？」

「本当だとも」

　不安げな面持ちの星宮が確認してきたので、深く頷いてやる。

　これでオレが自殺したら星宮は計り知れないほどのショックを受けるだろうな。

　ぶっちゃけ他人がどうなろうが気にしないつもりで山に来たけど、星宮の泣き顔を見ていると気が変わってしまった。……頬が涙でベトベトになって凄いことになってるし。

「星宮って、意外と泣き虫なんだな。強盗のときも泣きじゃくっていたし」

「な、泣くに決まってんじゃん！　本当に怖かったんだからぁ！」

　またもやグスグスと涙を流す星宮。これはオレが悪い。

　強盗に包丁を向けられたら怖いのは当然だ。

　しかも星宮は女の子で、一人きりだった。こりゃトラウマレベルだな。

「まぁ、その……星宮に怪我(けが)なくて良かったよ」

「ありがとう……ぐすっ……」

　鼻を鳴らし、ようやくオレの腕から手を離す星宮。

　思えば……幼馴染以外の異性から触れられたのは、生まれて初めてだ。

「星宮の家はこの近くなのか？」

「うん。ここから自転車で十五分くらいかな」

「学校から遠くないか？」

「遠いよ。でも私、電車で通っているからそんなに気にならないかなぁ。黒峰くんの家もこの近くなの？」

「いや全然。チャリで三時間かけて来ました」

「え、えぇえええ!?　どうして!?」

「自殺しに来たからさ！」

「もう！　胸を張って言うことじゃないよ！　あ……うぅ……ぐすっ」

再び感情が込み上げてきたらしく、目からポロポロと涙が溢れ始めた。

いやほんとごめん。洒落にならないよな。

いっそ土下座して謝ろうか。もしくは切腹……逆効果ですね、はい。

……にしてもほんとよく泣いているな。

クラスでの星宮は明るく優しいギャルで、泣くイメージは全くなかったのに。

「大丈夫だ星宮。絶対に自殺しないから」

「ほんとに？」

「あぁ。約束する」

　星宮の目を見つめ、真面目に言ってみせる。

　これで納得したらしく、星宮はホッと安心したように息を漏らした。

「今から三時間かけて帰るのは大変だよね……。黒峰くんは誰かと住んでるの？　その人に迎えに来てもらえないかな」

「残念だが一人暮らしだ。ちなみにタクシーを呼べる金もない。残金は五円です」

「そっか……大変だね」

「そんなこともないぞ。こうして星宮と出会えた……つまりご縁があったわけだ。五円だけにっ」

「ふふ、面白いね黒峰くん」

　純粋な笑みをこぼす星宮。自分で言っておいて何だけど、今の面白かったか？

　全然上手くなかったし。むしろ『くそつまんねえよ』と罵倒された方が面白かった。

「黒峰くん。良かったらなんだけど……あたしの家に来る？」

「え？」

　思わぬ提案だった。間抜けな声が出てしまう。

「あたしも一人暮らしだから、何も気にすることはないよ」

いや、あるだろー。気にすること、あるだろー。

年頃の男女が一つ屋根の下で二人きりですよー。

そんな考えを視線に込めて訴えてみるが、星宮は泣いてスッキリした後の清々しい顔をしていた。……なるほど、そういうことですか。オレを異性として見てないと。

あー、幼馴染にも言われたなーコンチクショウ。闇落ち不可避。

もしオレの手元に核爆弾のスイッチがあったら迷わず押す。

「……黒峰くん？」

「なんでもない。そうだな、今晩だけ泊めさせてくれ」

「うんっ。あ、でも部屋の片付けを先にさせてね」

「わかった。いくらでも片付けてくれ」

「そこまで汚くないよ、もうっ」

頬を軽く膨らませた星宮が非難めいた視線を送ってくる。なんか可愛い。

自転車を漕ぎ出した星宮の後をこちらも自転車で追いかける。

こうして自殺する予定だったオレは、なぜか星宮の家に泊まることになった。

そして今になって気づく。もしオレが自殺していたら、幼馴染にとてつもない重荷を背負わせていたのではないかと。あらゆる意味で星宮に救われたのかもしれない。

「なあ星宮」

「ん、なに？」

減速して星宮が振り返る。オレは少し照れながらもお礼を口にした。

「その、ありがとな」

「あはは、お礼なんていいよー。あたしの方こそありがとね。強盗から助けてくれて」

それを言うなら星宮。君はオレの命を助けてくれたんだぞ。

あの想いが込められた切実なる泣き顔を見たからこそ、オレは気が変わったのだから。

……思ったよりオレって、単純だな。

星宮の住んでいる家は、二階建ての木造アパートだった。
壁が黒ずんでいてボロついた雰囲気が漂っている。とてもギャルが暮らしている家とは思えない。と思ったが今の星宮はギャルじゃなかった。どこからどう見ても完全無欠の地味子。人ってこんなに変わるんだなー、と不思議な気持ちになる。
「こっちだよ」

自転車置き場に自転車を止めたオレは、星宮の案内で錆(さ)びた階段を上がる。

星宮の部屋は二階の一番右端だった。ここで一人暮らしか。

「どうして星宮は一人暮らしをしてるんだ?」

「んー? お母さんがさ、お父さんの出張についていったんだよねー」

「そっか。星宮は残ったんだな」

「うん、友達も居るし。でも一年もしたら帰ってくるそうだけど」

「それでも寂しいだろ」

「そうだけど、再会できるのがわかってるから……」

うつむき、暗い声音で言う星宮。オレの事情を思い出したか。

「あまり気にしなくていいぞ。ご覧の通りオレは元気だからな」

「さっきまで死のうとしていた人のセリフじゃないかなぁ……」

そんなこと言われても困る。人間、いつだってその場の気分やノリで生きているものだ。

ただオレの場合、ちょっと振れ幅が大きいかもしれない。

「黒峰くん、よく言われない? 見た目は大人しそうだけど、中身は少し変わってるって」

「いや全然。見た目も中身も真面目で地味な男子生徒というのが周りからの評価だ。星宮もそう思っていただろ」

「うん」

「………………」

オレから言ったんだけど、もう少し誤魔化すなりしてほしかった。

「やっぱり人は実際に話してみないとわからないね。あたし、黒峰くんは人と話せない人だと思ってたもん」

「それは酷いな。普通に傷つく」

「あはは、ごめんごめん」

星宮は茶目っ気に溢れた笑みを見せてから頭を下げる。

場合によっては腹立つかもしれないが、むしろ星宮は可愛く思わせる魅力があった。

この軽いノリがちょっとギャルっぽい。

「ただいま」

ドアを開けた星宮が玄関に踏み込む。もちろん中は真っ暗で誰も居ない。

「おじゃまします」

「どうぞー」

優しく微笑む星宮が返事をしてくれた。少しドキッとする。

「黒峰くんごめんね。ちょーとだけ、玄関で待っててくれる？」

「わかった」

玄関で靴を脱いだ星宮は台所を通り過ぎ、ドアを開けて部屋に入った。掃除するのだろう。見たところ1Kか。玄関のすぐ近くに台所。風呂(ふろ)やトイレに繋(つな)がるドア。星宮が入った部屋は日常的に過ごす空間だろうか。

「ごめんねー。お待たせ」

十分もしないうちに星宮が戻ってくる。部屋の電気で星宮の顔がはっきり見えたのだが、頬には涙の跡がくっきりと残っていた。……自分の顔に気づいてないのか？

「どうぞーあがってー」

星宮に導かれて台所を脇目に部屋に上がる。ピンク色を基調とした女の子らしい部屋だ。広さは八畳ぐらい。床はフローリングではなく畳だが、カーペットを敷いて洋室っぽくしている。カーテンやベッドは派手過ぎない薄いピンク色で、壁際(かべぎわ)のクローゼットは汚れのない真っ白な色をしている。その他、机といった家具も含め、部屋の狭さを感じさせないような上手な配置になっていた。

「………？」

とある一点にオレは目を奪われる。机に置かれた家族写真だ。

優しそうな両親と笑顔を浮かべる中学生っぽい星宮が写されていた。

……このときの星宮も地味子だな。それも髪が黒色だ。

ひょっとして星宮は高校デビューした人だろうか？

「………」

なんだろう、この違和感。頭の中の何かがうずく。

「どうかな？　あたしの部屋……変？」

「変じゃないけどフルーティな匂いがする。なるほど、これが星宮の匂いか」

「そういうの、普通は思っても言わないことだと思うよ」

星宮のジト目から放たれた視線がオレの頬に突き刺さる。

「本当に泊まって良いのか？」

「もちろん」

「彼氏とか大丈夫？　割と問題になると思うんだけど……」

そう言うと、星宮はブンブンと慌てて首を振った。

「い、いないって！　あたし、彼氏いないから」

「まじか。告白されたことはあるだろ？」

「ないない！　告白なんてそんな……」

驚いたように否定していることからウソを言っている感じではない。

信じられないな。星宮のような女子はモテる星の下に生まれた存在だろう。

ていうかモテているはずだ。友達0人のオレだが、星宮の噂くらい何度も聞いている。

少なくとも星宮に告白しようとした男が何人もいたのは事実だ。

「この部屋に男を上げたことは？」

「一度もないよ。黒峰くんが初めて、かな……」

そんなこと言われると意識してしまう。

……星宮の家に入ったことがある男はオレだけなのか。ちょっとした特別感を味わった。

「ギャルなのに男を誘わないんだな」

「ギャル関係なくない？　なんかそれ偏見っぽい」

「でも学校での星宮は遊んでそうな見た目をしているぞ」

「オシャレだよ、オシャレ。あたしなりに可愛さを追求してるのっ」

ムッとした感じで星宮が言ってきた。どうやら男との付き合いはからっきしらしい。

「余計なお世話だろうけど、簡単に男を家に上げない方がいいぞ」

「なんで？」

「なんでって………襲われるからだ、性的に」

オレの言葉の意味がわからなかったらしく、星宮の目がメガネ越しにパチパチとするのが見えた。しかし、すぐに理解したようで――――。

「な、なに言ってんの⁉　この変態‼」

「いやオレのことじゃなくて――――」

「言っておくけど、そんなつもりで黒峰くんを家に誘ったんじゃないから！　や、やめてよね！」

「…………」

キッと目つきを鋭くさせた星宮が、身を守るように自分の体を抱きしめた。……ひでぇ。

◇　◇　◇

女子の家でシャワーを浴びるというドキドキイベントを終えたオレは、脱衣所で星宮のお父さんが着ていたという紺色のジャージに着替えていた。意外といい匂いがする。オッサン臭くない。ずっとタンスの奥にしまっていたような匂いだ（カビの匂い？）。

星宮曰（いわ）く、引っ越しの際にお父さんのジャージが荷物に紛れ込んでしまったらしい。

ありがたく今夜は借りることにした。

頭を拭き終え、洗面所から出て星宮の居る部屋に戻る。

「お風呂ありがとう」

「うん。じゃ、あたしも入ってくるね」

そう気楽に言った星宮は何の躊躇いもなく浴室に向かった。

……………え、お風呂？　お風呂、入るの？

入るのは当たり前なんだけど、ここに男子居るぜ？　それも彼氏でも何でもない男子。

クラスメイトなのに、今まで会話をしたことがなかった程度の関係ですよ？

ザーッ。程なくして、シャワーの音が聞こえて来た。

「…………」

これはオレを異性として意識してないのか、信頼しているのか……。たぶん前者。

そういえば幼馴染から『リクちゃんて、子犬みたいで可愛いね！』と言われたことがある。ひょっとしたらオレは、女性から人間として認識されない生物なのかもしれない。

「――閃いた！」

人間ではなく犬として見られるなら、星宮が居るお風呂に入っても問題ないのでは？

きっと『きゃー可愛い！』と言いながら頭をなでなでしてもらえる――わけがない。普通にぶん殴られた上で警察を呼ばれるだろう。

ピンポーン。部屋内にインターホンの音が鳴り響く。来客か、こんな時間に。

「どうしようかな……」

オレが出てもいいのだろうか。星宮の知り合いだったら面倒なことになる。

かといって無視もできない。なら星宮を呼びに行くか？

「いやいや、無理だって。入浴中の女子のとこに行けるわけないって」

ピンポーン。再び鳴らされる。すまない、また今度来てくれ。

今のオレにはどうすることもできないんだ。

ピンポーン。ピンポーン。ピンピンピンポーン。

ピーンポーン。ピンピンピンピンポーン。

「うるせっ！」

めちゃくちゃ鳴らしてくるじゃん！　くそ、もう出るしかないか。

覚悟を決めたオレは玄関に向かい、ゆっくりとドアを開ける。

「彩奈ちゃん！　――――誰？」

そこに居たのは、伸ばしっぱなしのボサボサの髪の毛をした女性だった。目の下には笑えそうなほど真っ黒なクマができている。見たところ年齢は大学生……を少し超えたくらい、か？　ダボッとしたシャツに、短パンを穿いている。部屋着だな。全体的に不健康な雰囲気がするが、顔立ちは綺麗に整っているので美人と呼べるだろう。

「オレは黒峰リクです」

「ここ、彩奈ちゃんの部屋なんだけど……あ、ひょっとして彼氏？」

「違いますよ」

「じゃあ誰？　え、不審者？」

「不審者に見えますか？　え、こんな人畜無害みたいな見た目をしているのに？　オレは星宮のクラスメイトです」

「ふぅん」

どこか怪しむような目つきで、オレの頭から足先を眺める謎のお姉さん。

「ただのクラスメイトが、どうしてこんな時間まで女の子の部屋に居るの？」

「……オレ、家出しているんですよ」

「家出？」

思わずウソをついてしまう。こうなったら続けるしかない。

「はい。ちょっと家族と喧嘩して……やけくそになって山にまで来たんです。それでコンビニに寄ったら偶然星宮と会って、家に泊めてもらえることになったんです」

「へー。彩奈ちゃん、相変わらずお人好しだなー。警戒心なさすぎ」

「そうっすね」

「……やっぱり、アレしちゃう気？」

「は？」

ニヤッと笑みを浮かべる謎の女性。

「アレと言えばアレでしょ、アレ。健全な男女が一つ屋根の下……何も起こらないわけがないでしょうよ」

「なんか急にキャラが変わったっすね」

ニヤリとする謎のお姉さん。変態の匂いがする。……いや、決めつけるには早いな。

「あ、私の名前は門戸（もんど）千春（ちはる）。職業はエロ漫画家です」

堂々と胸を張って言うじゃん。いや自分の仕事を誇りに思うのは素晴らしいことだ。

「気軽に私のことは『もんもんちゃん』て呼んでねー」

「やらしい意味に聞こえるのはオレの考えすぎですか？」

「え？　エロ漫画家のもんもんちゃんが悶々（もんもん）してるって？　やだリクくんのすけべ～」

「帰れ」

門戸だから、もんもん。そしてエロ漫画家……。うん、まずいだろ。色々な意味で。

「ねね、すこーし相談があるんだけどさ」

「なんすか」

「アレをやるときは、なるべく壁に寄ってくんない？　私、隣の部屋だからさ」

「はぁ……アレってなんすか」

「それはセッ――――」

「帰れ」

セッの時点で全てを察した。アレの時点で気づくべきだったと後悔。

やばい、この人、コンビニ強盗より手強い……‼

「家出男子とギャルが一つ屋根の下で織りなす純愛ストーリー。そして最後には……あ、やばい、閃いた。ストーリーのネタ、思いついちゃった。ごめんリクくん、家に帰るわ」

「貴女、ほんと何しにきたんすか……」

「ん～？　久々に彩奈ちゃんの叫び声が聞こえたから様子見に来たんだよ。んじゃね～」

軽く手を振り、門戸千春さんは隣の部屋に姿を消した。半端ねえな。嵐みたいな人だ。

コンビニ強盗を正面から捻じ伏せたこのオレを、こうも簡単に振り回すとはな……！

「それは大変だったねー。千春さん、結構クセがすごい人だったでしょ？」

「すごいどころかぶっ飛んでる。あの短い間に強烈なインパクトを残してくれた」

風呂上がり(ふろあ)の星宮が「あはは……」と苦笑をこぼす。

今の星宮はピンク色のパジャマを着ていた。頬にベッタリと貼り付いていた涙の跡も消え去り、ドライヤーでしっかりと乾かされた髪の毛は艶を帯びて照明を反射している。

もっさり感があまりないせいか、かなりの美少女に見えた。

メガネを外しているのも大きいかもしれない。星宮の整った顔立ちがはっきり見える。

「ごめんね。あたしの彼氏と勘違いされて嫌だったでしょ？」

「嫌ではなかったけどな。少し驚いた」

星宮には門戸さんと何を話したのか伝えている。

と言っても、アレのくだりは伝えていない。伝えられるわけがない。

「さて黒峰くん」

「はい星宮さん」

改まるオレたち。星宮はベッドの上で正座している。オレは床で正座した。

「どこで……寝る？」

「オレは玄関でもいいよ」

「そ、そんなのダメだよ。ちゃんとした場所で寝ないと体が痛くなっちゃう」

「じゃあどうするんだ。そのベッドで一緒に寝るか？」

「…………い、いいよ」

「まじか」

爆発寸前の爆弾くらいに顔を赤くした星宮が、そっぽを向きながら自分の髪の毛をいじり始める。……やっぱり遊び好きのギャルか？

いくらなんでも、何の関係もない男と同じベッドで寝るのはちょっと……。

だが雰囲気から恥ずかしがっているのは明白。

純粋にオレを心配して、ベッドで寝ることを提案しているのか。

「く、黒峰くん？　あたしを……見つめすぎ……」

「あ、あぁ、悪い」

「ほ、ほんとにあたし……そんなつもりないから。えっちなことしようとしたら……本気で、怒る……」

「安心してくれ。オレにそのつもりは一切ない。何があっても星宮には手を出さないと誓う。手を出したいとも思わない。星宮に手を出すという考えがなかった。まじありえん」

「……そこまで言われると逆にショックだなー」

念押しで言ったら逆効果になったらしい。星宮は不満そうに唇を尖らせた。

「玄関――はダメなんだよな。オレはここで寝るよ」

「ここって……床？」

「うん」

「体、痛くならない？」

「大丈夫だろ、カーペットで柔らかいし……」

「う～ん……でも」

「そんなに男と寝たいのか？」

「あたしをビッチみたいに言うのやめてくれる？　これでも、まだしょ――そういうの、経験ないから」

「なるほど、星宮は処女か」

「なんで言っちゃうのぉ!?　あたし、濁したのに！」

「大丈夫だ。オレも未経験……童貞だから」

「この変態！」

本気で星宮から怒鳴られた……。これまでのやり取りでわかったことがある。

星宮は――うぶだ。

今の大人しい見た目からは簡単に想像できるが、学校でのギャルモードを考えると信じられない。

「じゃあ寝るよ。おやすみ」

オレは星宮の返事を待たずして床に寝転がる。

「……わかった。でも無理しないでね」

「んっ」

星宮は「じゃあ明かり、消すね」と言いながら部屋の照明を消した。

「おやすみ、黒峰くん」

「おやすみ星宮」

布団(ふとん)をかぶる音を耳にする。ぼんやりとした暗闇の中、星宮が横になる輪郭が見えた。

「………………」

まさか星宮と同じ部屋で寝ることになるなんてなぁ。

あぁ、幼馴染(おさななじみ)になんて言い訳しよう。いや言い訳の必要はないのか。

もう振られた後だし。そもそも言い訳をする必要すらない。

明日から、どうしようかな。幼馴染と顔を合わせることになるのは絶対だ。

オレ、どんな顔をしていればいいんだろう。

これはオレの予想に過ぎないが、あの幼馴染のことだから……いつものように普通に接してくる気がする。そう考えると、なんだか悔しくなってきたぞ……！

「すぅ……すぅ」

安らかな寝息が聞こえてくる。寝るの早いな。オレもさっさと寝よう。

今、うだうだ考えても仕方ない。もし幼馴染が何食わぬ顔で『おっはよー！』と挨拶してきたら、『うるせえ！　この思わせぶり女め！』とキレてやるか。うん、そうしよう。

と、できるはずもない計画を企てながら、意識が徐々に薄れていくのだった。

耳元で鳴るスマホのアラームで強制的に意識が覚醒する。

手探りでスマホを手に取り、アラームを解除すると同時に時刻を確認した。4時だ。

これから自転車で三時間走るので、早めに起床する必要があったのだが……ねむい。

星宮から借りたジャージを脱ぎ、昨晩まで着ていた制服に着替える。

黙って出て行くのも防犯的によろしくないと思い、ベッドでスヤスヤと眠る星宮に寄った。……決して女子の寝顔が見たいという邪（よこしま）な思いがあったわけではない。

「……お母さん……お父さん……」

驚くことに星宮は──ほろほろと目端から涙をこぼしながら、小さな声で両親を求めていた。……本当に両親が好きなんだな。

居なくなったことを想像するだけで号泣していたくらいだ。

「星宮」

「……んぅ？」

名前を呼びかけ、肩を優しく揺する。ぽわぁと瞼を開け、星宮はトロンとした目でオレを見上げた。現実を認識できていない様子。

「黒峰くん……なんで私の家にいるの？　夢？」

「夢じゃない。昨日、オレを泊めてくれただろ？」

なんとなく違和感を持ちながら話を続ける。

「んん……そうだったね。今、何時ぃ？」

「4時だ。早くに起こしてごめん。出て行く前に、声をかけておきたくてな。ドアに鍵をしないとダメだし」

「ふわぁ……おはよう〜」

「会話がワンテンポ遅れてるんだけど？　でもおはよう」

寝起きの星宮はこんな感じなのか。幼く可愛（かわい）いって印象だった。

星宮の意識が覚醒するのを少し待ち、それから玄関まで見送ってもらう。

オレは自転車に乗り、早朝のサイクリングを開始した。

それは三時間に及ぶ過酷な旅だった。

朝のひんやりとした風を全身に受けながらも汗をダラダラと振りまき、ついに辿（たど）り着（つ）く我が家。十五階建てのマンションだ。オレの家は五階で、間取りは４ＬＤＫ。

家族が亡（な）くなった後も住み続けている。

一人暮らしするには広く感じるが、今となっては慣れたものだ。

家に帰ったオレは軽くシャワーを浴び、再び制服に着替える。

そんなこんなで登校時間となってしまった。

「学校、行きたくねぇ」

本音が漏れ出る。星宮と同じクラス。これは構わない。

だが、幼馴染とも同じクラスなのだ。これは気まずい。

そして――――。

ピンポーンと部屋内に鳴り響くは、地獄のメロディか、死神が訪れた合図か。

……普通にインターホンだけど。問題は誰が押しているのか。

それは――幼馴染だ。直感でわかる。出たくない。とはいえ出ないわけにもいかない。

カバンを手にしたオレは、床にへばりつこうとするバカな足を動かして玄関に向かう。

一度だけゴクッとツバを飲み込み、おもむろにドアを開けた。

「おっはよーリクちゃん！　今日もいい天気だね！」

「…………」

本当に能天気で活発的な挨拶をしてきたよ。

春風陽乃（はるかぜはるの）――紛（まご）うことなきオレの幼馴染である。

その悪意を一切知らなさそうな明るい笑顔は、見る者全てを幸せにするだろう。

肩まで伸ばされた綺麗（きれい）な髪の毛が風で揺らされ、シャンプーの匂いだと思われる花の香りが微（かす）かに漂ってくる。

平均よりも小さな体をしている陽乃だが、そのキラキラとした雰囲気で存在感は強烈だ。

性格は嫌味がなく明るくて優しくて……校内で陽乃が嫌いな人は存在しないと思う。

陽乃は誰とでも仲が良いし、中学の頃……いや、小学生の頃からモテていたはずだ。

ちなみにオレは陽乃のオマケとして扱われてきた。ていうか金魚の糞まで言われていた。

糞でもいいから陽乃のそばに居たかった。それが昨日までのオレだった。

「昨日はどこに行ってたの？　連絡は繋がらないし、家にも居なかったしさー」

「昨日は用事で遠くに行ってたんだ。携帯は家に置き忘れてた」

「用事？　用事ってなに？」

「秘密」

陽乃に振られたから自殺しに山へ行ってました！

とは言えなかった。今にして思うと、本気でオレはバカだった。

「幼馴染に秘密って良くないよ！」

「そう言われても。つーか、昨日、オレから告白されたの……覚えてる？」

「うん。あ、でも、幼馴染として今後とも仲良くしたいとは思ってるよ」

……残酷すぎね？　ウェブ小説で言うなら18禁レベルで『残酷描写あり』になるぞ。

しかも陽乃は悪意をもって言っているわけじゃない。純粋な気持ちで、これからもオレと楽しく過ごしたいのだ。……悪意がない分、よりたちが悪い。

「だめ、かな？」

「結構辛い」

「でもさ、私と付き合いたいってことは、一緒に居たいってことでしょ？　付き合わなくても私とリクちゃんは幼馴染で、ずっと一緒に居るんだから何も問題ないと思うなぁ」

本気でそう思っているらしく、陽乃は不思議そうに首を傾げた。

なんかもう幼稚園児を相手にしてる気分になってくる。彼女に恋愛感情はないのか？

それでも悔しいことに、陽乃を前にするとオレの心臓はトクトクと高鳴るのだ。

「なあ陽乃。これからはオレたち――」

「ほら！　早く学校に行くよ！　遅れちゃうってば！」

何事もなかったかのように、今までの関係が当たり前のように、陽乃はオレの手を握りしめ、通学に誘ってくる。もし陽乃を嫌いになれたら……と思った。

振られても未だに、この幼馴染が大好きなのだ。

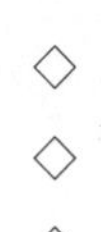

「はぁ……やっぱこうなるよなぁ」

朝の教室。騒がしい雰囲気に包まれたオレは、自分の席で頭を抱えて嘆いてしまう。

理由は、やはり陽乃にある。思わず陽乃を見つめてしまうのだ。

同じ教室に居るとあっては、人間の本能として好きな人に視線が向くのは仕方ないこと。

窓際の一番後ろの席に居るオレは闇のオーラを全開で発していた。

陽乃の席は廊下側の前から二番目。休み時間になるとクラスメイトの何人かが陽乃の席に群がる。今も三人の女子生徒が陽乃に話しかけていた。

たまに男子生徒からも話しかけられているが——あ、ちょうどクラスの中心人物である短髪のイケメンくんが、少し恥ずかしそうな笑みを浮かべながら陽乃に近寄っている。

「なあ春風、今日の昼……一緒に食堂行かね？」

「あー、ごめんね。リクちゃんと過ごす予定なのっ」

「そうか……。じゃあまた今度誘うわ」

あえなく撃沈した短髪イケメンくんは、友達が集まっている自分の席に戻って行く。

その戻る途中、チラッとオレを見て不服そうな表情を浮かべた。

まあ気持ちはわかる。気持ちはわかるが、オレの方が不服だ。

「そうだ、陽乃以外の何かを見て過ごそう」

陽乃ばかり見ていては辛い思いをするだけだ。

ゆっくりと教室を見回し——教室の中央辺りに居る星宮の姿に目が留まった。

星宮は同じくギャルっぽい女子と二人で会話をしている。

「……やっぱ全然違うな、昨晩の地味モードとは」

もっさりの印象がなくなった茶髪はポニーテールにされており、可愛らしい顔には派手過ぎない程度の化粧が施されている。どぎつい印象は全くない。雰囲気というかオーラがキラキラしていて見るからにカースト上位という感じだ。話をしている姿もちょこちょこ笑顔が混じっていて目立つ可愛さがある。

ま、コンビニでバイトしていたときの地味感は半端なかったけど。

「あれで告白されたことがないのか……」

教室の男たちが星宮について色々喋っていたのを何度か聞いたことがある。

確か星宮は……一年の頃からモテモテだったらしい。

日を追うごとに星宮を気にかける男が増えていき──そして高二になった現在、星宮は校内でもトップクラスにモテるそうだ。まあ、あの雰囲気でモテないわけがない。

しかし星宮は告白されたことはないと言っていた………なぜ？

星宮と話をしている女子──こちらもギャルっぽい。

名前はわからない。というより覚えていない。目つきがきつくて怖いな。

可愛いというよりは綺麗寄りの整った顔立ちをしているが、威圧的な目つきをしていて怖い印象がある。ギャルというよりヤンキーっぽい。

「リークちゃん！　なにを見てるのー？」

「──陽乃っ」

ドクンと心臓が跳ねる。すぐ隣に陽乃が立っていた。

「熱心に彩奈ちゃんを見ていたね」

「……オレが誰を見ていてもいいじゃないか」

「そうなんだけどね……。私がリクちゃんを見ると、いつも目が合っていたから……」

陽乃の声がどんどん小さくなっていく。最後の方はギリギリ聞き取れたくらいだった。

「私も彩奈ちゃんみたいな格好しようかなぁ」

「………なんで？」

「んー、なんとなく？　よくわかんない」

「なんだよそれ」

本気で陽乃はわからないらしい。自分の言ったことに対して疑問を抱いている。

だがオレからすれば理由はわかりきっていること。

それは──嫉妬だ。

好きな人が自分以外の異性に目を奪われていたら対抗したくなるもの。

そのことに陽乃は気づいていない───と、昨日までのオレならそう考えて小躍りしていたに違いない！　だが陽乃はオレを幼馴染としか見ていない。さっきの『彩奈ちゃんみたいな格好しようかなぁ』という発言も、本当に何となくの発言なんだろう。

「ねえリクちゃん」

「ん？　――え」

なぜか陽乃が目を細くしてジーッと見てくる。

これは怒っている、もしくは怒る寸前の陽乃の顔だ！

「もしかして昨晩……彩奈ちゃんと一緒だったってことは……ないよねぇ？」

「――っ！」

「リク、ちゃん？」

間違いない。今、オレは――殺意を向けられている！

答え方を間違えれば今すぐナイフで首を掻っ切られそうな予感。

いや陽乃はナイフを持ってないけど。

でもほらほら、顔には冷たい笑みが張り付いているぞ…………ヤバそうだな。

「ダメだよ。リクちゃんにそういうことは早いもん」

「い、いや……」

「リクちゃんと私は幼馴染なんだからね。家族と同じくらいの時間を過ごしてきた仲だもん………リクちゃんが変なことしてないか確認しておかなくちゃ」

「変なことって、なんだよ」

「………彩奈ちゃんね、色んな男の子と関係があるって噂があるから……」

陽乃が申し訳なさそうに言う。何を伝えたいのかわかった。

しかし、それはないと断言できる。昨晩の星宮とのやり取りでわかることだ。

「その噂、出鱈目だぞ」

「うん、私もそう思ってるよ。でもね、可能性として言うなら……」

「………」

「もしリクちゃんがそういうことに興味があるなら……幼馴染として私が頑張るから！」

顔を赤くしながらも陽乃は強い口調でそう言った。

……オレは幼馴染としてではなく、恋人として陽乃とそういうことがしたかった。

なんで陽乃は、そこまでして幼馴染にこだわるんだよ。

異常なほど幼馴染という関係に執着している気がする。

「そこまで言うなら……オレと付き合ってくれてもいいじゃないか」

「え？　私、リクちゃんには幼馴染に対する感情しかなくて……恋愛感情ないんだもん」

ドガガガガッ‼　胸をドリルでえぐられた気分だ。

自分の心を保つため、話を戻すことにする。

「オレと星宮は何もないよ」

ウソをつくことにした。もし星宮の家に泊まったことを言うなら、その経緯も説明する必要がある。それだけは避けたい。

「ほんと？」

「ああ。オレが星宮を眺めていたのは……星宮は告白されたことがないという話を聞いたからだよ」

「へー、そんな話があるんだね。あ、でも、ちょっとわかるかも。あれだけ可愛いと逆に告白しづらいのかなー。それにカナちゃんが近くにいるし」

「カナ？　あー、あのギャルか」

星宮のそばに居る目つきの悪いギャルのことだと察する。

「彩奈ちゃんに男が近づかないよう、カナちゃんが威圧的に振る舞っている……みたいな話を聞いたことがあったかなぁ」

ふーん、と返しておく。納得できる話ではあった。

昨晩のやり取りからわかったことだが、星宮は男慣れしていない。

それも全くと言っていいほど。あのギャル姿は見かけ倒し。

そのことを星宮の友達であるカナは知っており、星宮を守っている……のかもしれない。

「ねえリクちゃん。星宮って名字、覚えてたの？」

「そりゃクラスメイトだし……。なんだか変な質問だな」

「あーうん。あはは、気にしないで」

何かを誤魔化すように陽乃は明るく笑った。なんだ……？

「陽乃ー！　ちょっとこれ見てー」

陽乃の席でスマホを見ていた女子生徒が、ちょうどオレたちに聞こえるくらいの声量で陽乃に呼びかけた。陽乃は手を上げて「今行くー！」と元気よく返事をする。

「じゃ、また後でねリクちゃん！　あ……そうだ、今日のお弁当ね、リクちゃんの好きなミニハンバーグ入れたから！」

そう言うと陽乃は自分の席に戻って友達と会話を再開した。いつも通りだなー。

さて、オレは何をしてようか。そう思いながら自然と陽乃を眺めようとした瞬間だった。

「はぁあああああ!?　彩奈、黒峰を家に泊めたってマジ!?」

カナの驚いた声が教室内の喧噪(けんそう)をかき消し、シーンとした静寂をもたらす。——え？

次の瞬間、一斉にクラスメイトたちの視線が星宮とカナに向いた。

「ちょ、ちょっとカナ！　声大きすぎっ！」

「いや、だって彩奈……え、黒峰と付き合ってんの？」

「つ、付き合ってないけど………」

静かになった教室に星宮の小さな声が広がる。今のは少しヤバいかもしれない。

すぐにオレの危惧の念が的中する。クラスの男たちがヒソヒソと――。

「おいマジか。星宮は付き合ってもない男を家に泊めるのかよ」「遊んでるって噂は本当なのか……。絶対にウソだと思ってたのに」「意外とうぶなギャルじゃねーのかよ」「星宮はビッチなんだな」「つーか、黒峰がいけるんなら俺もいけるんじゃね？」「待ってくれ。そもそも黒峰って誰？」

………泣いていい？　なんでオレに被害が集中するんだよ。

クラスメイトに存在すら認知されていないオレって……。

と思ったら別の意味で認知されていたらしい。とある男の声が聞こえてくる。

「黒峰……あぁ、あいつね。俺の陽乃ちゃんにまとわりついてる奴(やつ)」

あはは、ぶっ殺すぞお前ー。陽乃は誰のものでもない。

しかし教室にいる大半の男たちが思ったことは、星宮は恋人でもない男を家に泊める、というもの。もちろんその先のことも想像してしまう。実際には何もなかったとはいえ。

「え、えと…………あぁ…………」

周囲の視線と思いを敏感に感じ取ったらしい星宮は、見るからにオロオロと動揺する。

カナも「あちゃー」と言いたそうな表情を浮かべていた。いやお前のせいだろっ。

……まずい、これでは星宮がビッチ扱いされてしまう。

――どうする。

経験上、噂というのは広がる前に潰すのが最善となる。

今、何か手を打つ必要があった。

星宮はオレの恩人。

その恩人を何とかして助けたい――あ、そうか。

今、問題になっているのは、星宮が恋人でもない男を家に泊めたということ。

ならば、いっそオレが――星宮の恋人になればいい！

一瞬、陽乃の顔が脳裏に浮かぶが……オレはガタッと音を立てて椅子から立ち上がった。

当然ながら教室中の視線を集めることになる……はは、注目しすぎだろお前ら。

「星宮……オレと付き合ってくれて、ありがとう」

「……え、黒峰くん………？」

「いやー、泣きながら告白した甲斐があったよ。お情けで付き合ってくれるとは思わなかった。でもさ、手を繋ぐことも許してくれないのはきつくないか？　昨日、家に泊めてくれたけど……何もさせてくれなかったし…………」

「な、なに言ってるの黒峰くん⁉　あたし――――」

「交際期間一ヶ月って約束だったよな？　まあ、一ヶ月……よろしく」

とにかく一方的にしゃべり倒す。

どう考えてもみんなの前で話す内容じゃないし、明らかに不自然だった。

それでも効果はあったらしく、教室の男たちは――。

「泣きながら告白とかヤベー」「星宮はお情けで黒峰と付き合ったのか……」「期間限定で、しかも手を繋ぐのもダメって………星宮はガード堅いのか？」「そりゃ付き合ってないことにしたいよな、星宮からしたら」

などと好き放題に言い始めた。なんとか星宮の名誉は守られたらしい。

「ちょ、ちょっと待って！　あたしと黒峰くんは――」

椅子から立ち上がった星宮が何かを言おうとした寸前、教室に担任が現れる。勢いを削がれた星宮は口を閉ざし、大人しく椅子に座り直した。オレも椅子に座り、ホッと息を吐く。いきなり起きたアクシデントに対しては、我ながら完璧に近い対処ができたのではないだろうか。これは後で星宮から感謝されること間違いなし——え。

「んむむむっ……！」

こちらに振り返った星宮が、顔を赤くしながらオレを睨んでいた。

いや迫力のない睨み方だけど……。なんならハムスターみたいな可愛らしさを感じる。

でも怒らせているのは確実だった。……なぜ？

「——！」

再び強烈な視線を感じた。オレは反射的に陽乃の方に顔を向け——頰をパンパンに膨らませた陽乃の顔が視界に飛び込んできた。こっちもハムスターみたいな顔になっているが、目が明らかに怒りに満ちている。ヤバい、陽乃にウソをついたことがバレた。

……だから、どうしたというのだ。

オレと陽乃は、ただの幼馴染。

そしてオレは陽乃に告白して、振られた。

ならオレが誰と付き合おうが、本来なら陽乃には関係ないことだ。

そのことを次の休み時間、はっきり言ってやろう。

◇　◇　◇

休み時間になった瞬間、二人の女子生徒がオレの下にやってきた。

「リクちゃん！　どういうことなの⁉　ちゃんと説明して！」

「黒峰くん⁉　さ、さっきの……どういうことかなぁ⁉」

陽乃と星宮だ。顔を真っ赤にさせた二人が殴り込みの勢いでオレに強く詰め寄ってくる。

白旗を揚げて降伏したい気分だ。あと顔を赤くさせている理由が二人は違う気がする。

陽乃の場合は怒り、星宮の場合は羞恥の方が強そう。

「ごめん彩奈ちゃん。先にリクちゃんを借りてもいいかな？」

「あ、でもあたしも――」

「借りるね」

陽乃は星宮の返事を待たずしてオレの右腕を掴むと、オレを椅子から立ち上がらせた。

「行くよリクちゃん！」

「あ、あぁ……」

凄まじい剣幕の陽乃に逆らうこともできず、腕を引っ張られるオレは大人しく連行されることにした。

連れて行かれたのは特別棟の最上階。今は人気(ひとけ)がなく内緒話をするには相応(ふさわ)しい場所だろうか。いつもなら陽乃と二人きりになれることに喜ぶオレだが、今回は冷や汗が止まらなかった。なんせここまで怒っている陽乃を見るのは初めてのこと。

なぜ怒っているのか全く理解できない。

むしろオレが怒りたいのだが、陽乃の荒々しい雰囲気に呑(の)まれて何も言えないでいた。

「リクちゃんどういうこと⁉　昨晩、やっぱり彩奈ちゃんと居たんだよね⁉　それも泣きながら告白までして……意味わかんないよ！」

「それは……」

「いつからなの？」

「……なにが？」

「いつから彩奈ちゃんと付き合ってたの？」

「……付き合って……ないよ」

「さっき付き合ってるって、みんなの前で言ってたじゃん！　リクちゃんのウソつき！」

「――――っ」

陽乃から本気で怒鳴られ体が萎縮してしまう。じわっと目に熱いものがこみ上げてきた。

「彩奈ちゃんと付き合ってから私に告白したの？」

「いや、それは…………」

「リクちゃん！」

「……陽乃に、告白してから…………」

否定するつもりでいたが、陽乃の剣幕に押されて思わず星宮と付き合ってることを認めてしまう。本当は付き合ってないのに。

「女の子と付き合えるなら誰でもいいんだ。知らなかったなー。リクちゃん、そんな不誠実な男の子だったんだー」

誰が聞いてもわかる皮肉だった。咄嗟に否定してしまう。

「ち、違う！　オレは陽乃一筋だ！」

「言葉と行動が一致してないよ！　よりにもよって相手が彩奈ちゃんだなんて……っ」

よりにもよって彩奈ちゃん……？　どういう意味だ。

それよりも気になるのは陽乃がどんどんイライラを募らせていることだ。

「なにが？　ねえ、なにが関係ないの、リクちゃん」

「そ、そもそもの話……。オレと陽乃は、ただの幼馴染で……陽乃はオレを振ったんだから……オレが誰と付き合おうと関係ない……」

ビビりながら言ったので小さな声になってしまったが、それでもついに言ってやった。

しかし陽乃はすぐに言い返してくる。

「関係あるよ！　幼馴染だもん！」

「だから、幼馴染程度ならオレが誰と付き合おうと関係ない…………そうだろ？」

「程度じゃないもん！　私とリクちゃんは小さい頃から一緒に居て……お互いのこと何でも知っていて…………！　ん――――！　そう、そうだよ！」

「……なにが？」

「ウソ！　ウソをついたことが許せないの！　幼馴染にウソをつくなんて酷い！」

今、自分がイライラしている理由がわかったと言わんばかりに、陽乃はオレがウソをついたことを責め立ててくる。

「リクちゃん、今まで私にウソついたことなかったよ！　いつでも私を見ていて、私以外の女の子とは話もしなくて…………いつだって、私の後ろについてきたのに！」

「そう、だったな……」

悲痛を感じさせる陽乃の叫び声が、虚しく廊下に響き渡る。

オレはうつむくしかなかった。

「…………」

お互いに何も言わない。無音の場において、陽乃の視線だけを感じていた。

「リクちゃん。彩奈ちゃんはダメだよ」

「……なんで？」

「理由は言えないよ。でも彩奈ちゃんはダメなの」

「……意味、わかんないって」

「リクちゃん、お願い」

さっきと打って変わって、陽乃の声は落ち着いていた。

わずかな沈黙を経て少し冷静になったらしい。それはオレも同じだ。

だからこそ、これはオレなりの抗い方。

「陽乃には……関係ない」

「……あっそ！　もうリクちゃんなんて知らない！」

「陽乃――」

「話しかけないで！」

「っ！」

完全なる拒絶。咄嗟に口を開いてしまう。

「オ、オレと星宮は何もない！　これは本当だ！」

「…………」

陽乃はオレに背を向け、怒りを発散するような荒々しい足取りで去っていった。

「あー、くそ……泣きそう…………」

陽乃には関係ない、そう言ったのはオレだ。なのに、オレ自身が傷ついた。

そして最後、拒絶されることを恐れて、本当のことを言った。

どうしてだろう。陽乃との縁が切れることを想像するだけで、言い表しようのない恐怖と不安が胸の中に満ちていく。

◇◇◇

放課後までどのようにして過ごしていたのか覚えていない。

気づくと自分の席でボーッとしていた。

窓から差し込む夕日が、オレの机をオレンジ色に染め上げている。

「あ――」

ふと窓に映る自分の顔に気づく。今にも泣きだしそうな子供の顔をしていた。

「帰るか………」

いまいち体に力が入らない。心も虚しい。無気力だ。

陽乃とオレの間に明確な溝ができてしまったことを実感し、なにもやる気が起きなくなっている。自動操縦のようにフラフラとした足取りで昇降口に向かった。そして――。

「もう、遅いよ黒峰くん。今まで何してたの？」

「……星宮」

星宮が壁に寄りかかってオレを待っていたらしい。

スマホをカバンに仕舞うと星宮はオレに近づいてきた。

「なにかあったの？」

「………とくに」

「ふーん」

興味なさげな反応をする星宮。ま、どうでもいいことだよな。

そう思った次の瞬間、なぜか星宮がオレの両頬を軽くつまみ――優しくムニムニとこねくり回してきた。痛くない。むしろ気持ちいい。

「……星宮？」

「今朝のこと、これでチャラにしてあげる」

「まだ怒ってたのか。でもオレのおかげでビッチ扱いされないですんだだろ？」

「そういう問題じゃないしっ。今日は本当に大変だったんだから！　色んな人から色んなこと聞かれて…………！」

その時のことを思い出したのか、星宮はげんなりとした顔で乾いた笑いを漏らした。

「黒峰くんは良かったの？　みんなから勘違いされて」

「別に。まあ星宮は校内で一番モテるギャルだからな、悪い気はしないよ」

「まーた変なこと言ってる……。あたし、モテないけどなぁ」

校内で一番モテるかはともかく、星宮はガチでモテる。モテないのが異常だろ。

「それで、どうしてオレを待っていたんだ？」

「え？　とくに理由はないけど」

「なんだよそれ」

「う〜ん。黒峰くんと帰りたいから、かな？」

ヤバい、ドキッとした。オレには陽乃という心に決めた女の子が——と思ったけど振られたんだった。そして今日、完全に溝ができたのだ。

「確かにオレと星宮は付き合ってることになったけどさ、そこまで気にしなくていいんじゃないか？　一緒に帰る必要、ないと思う」

「なんか勘違いしてない？　付き合ってるとか付き合ってないとか関係なく……あたしが黒峰くんと帰りたいの」

「………………」

「迷惑？」

　星宮が不安そうに尋ねてくる。

　胸がつまる思いになったオレは言葉を発することができず、首を横に振って『迷惑じゃない』と伝えた。すると星宮は「にしし っ」と無邪気に笑う。

「そうだ。今日さ、あたしバイト遅いんだよね。ちょっと付き合ってくれない？」

　オレが連れて来られた場所は、駅近くの小さな広場に展開されたクレープ屋台だった。
　広場内にはテーブルとイスも用意されている。下校中の中高生から人気があるらしく、制服を着た若者たちで賑わっていた。とくに女子の方が多い。

他にも男女の組み合わせが——付き合ってるのか。普通に恋人っぽい。

……………なんだろう、無性に電柱を殴りたくなってきた。

「黒峰くん？　般若の顔になってるけど大丈夫？」

「大丈夫だ。今すぐ人類が滅べばいいのにと思っただけ」

「まったく大丈夫じゃないね！　今すぐカウンセリングが必要だよ！」

キッチンカーの前まで来たオレたちは注文を伝え、程なくしてクレープを渡される。

星宮はチョコバナナクリーム、オレはキャラメルクリームだった。

星宮のおごりである。ありがたい。

オレたちは空いていた席に着いて黙々と食べ始める。とくに会話はない。

いや、星宮が何も言わなかった。クレープに夢中だ。

それも顔をほころばせ、本当に美味しそうに食べている。

美味しそうに食べる女子って、なんかいいな。

クレープを食べ終えた後、駅に向かう。電車通いの星宮を見送るためだ。

「じゃあな星宮。クレープおごってくれてありがとう」

「う、うん」

改札の前まで来た星宮は、どこかスッキリとしない表情をしていた。

まるで何かの目標を達成できなかったような……釈然としていない感じだ。

少し気になるがオレは帰ることにする。星宮に背中を向け、家に向かって歩き始めた。

………家に帰る、か。

今日から一人きりの人生。あの広い家で一人で過ごす。

もうオレには陽乃がいない。これからずっと一人だ。

オレは陽乃の存在を頼りにして生きてきた。

じゃあこれから、なにを頼りにして生きればいいんだろうな？


「――黒峰くん！」

星宮の大きな声が、駅の喧噪（けんそう）を貫いてオレの耳に届いた。

思わず足を止めて振り返る。

するとと星宮がオレの下に駆け寄って、一度深呼吸し——衝撃的なことを言ってきた。

「え、えとさ……今日から、あたしの家に……泊まる？」

…………はい？

控えめな言い方ではあったが、それでも突然の提案に目を丸くしてしまう。

「急になんだよ。まさか付き合ってるフリの延長か？」

「ち、違う……」

「オレに気を遣ってるのか？　オレ、自殺しようとしてたもんな」

「それも違う、かな。心配はしているけど……」

「じゃあ、なんだよ」

歯切れの悪い星宮に、少し強めに聞いてみた。

「ス、ストーカー……」

「え？」

「最近ね、誰かにつきまとわれてるみたいなの、あたし……。ベランダに干していた下着が無くなったり、バイト帰りに誰かに後をつけられている気がして……」

「ストーカー、ね」

「あっ、あたしみたいな女にストーカーがいるわけないって思ったでしょ！　あたしもそう思うけど、ちょっと怖くて……」

「いやストーカーを疑ったわけじゃないが……」

むしろ普通に信じられるし、必然にも思える。星宮はそれだけ容姿が優れている。

「気のせいかもしれないんだけどね。下着が無くなったのは一枚だけだから、風に飛ばされたことも考えられるし……。後をつけられているのもあたしの勘違いかなーって……」

「勘違いだったとしても、嫌な感じがするなら警戒しておいた方がいいだろ」

何かが起きてからでは遅い。それに人の勘とはバカにできないものがある。

「警察にも相談したんだけど、証拠がないと動くことはできないって言われちゃった」

「……だろうな」

警察も暇じゃない。多少のパトロールなどはしてくれるかもしれないが、証拠がないと動くことはできないだろう。

「男の子の黒峰くんが一緒に居てくれると安心できそうで………」

申し訳なさそうにする星宮は、どんどん声を小さくさせていく。

オレに断られても、きっと星宮は『そうだよね……』と大人しく引き下がるに違いない。

この話、どうしようか——と考えるまでもないか。

「いいよ」

「…………黒峰くん？」

「今日から星宮の家に泊まらせてもらう。命の恩人の頼みは断れないからな」

「あ、ありがと……。でもね、頼んでおいてなんだけど、もし本当にストーカーがいたら……危ないよ？」

「ということは一人でいる星宮はもっと危ないってことじゃないか」

「そうだけども……」

「大丈夫だ。こう見えても俺は強い」

「え、そうなの？」

「ああ。今まで隠していたけど中学の頃は空手大会に出場して圧倒的な実力で優勝したことがあったらいいのになぁ」

「ただの願望じゃん！　え、本当に大丈夫⁉」

「任せろ。この命に代えても星宮は守る」

「だからそこまでは望んでないんだけど……。でも、その、ありがと」

「また来ちゃったな……」

星宮が住む木造アパートに再び訪れたオレは、そのボロさを再確認する。警備の人どころか防犯カメラもない。これはストーカーに対して不安を感じるのも無理はないか。

「……行くか」

オレは昨晩のように錆びた階段を上がり、星宮の部屋の前にまで足を運ぶ。

やけに背中のリュックが重く感じた。一度家に帰って泊まりの準備をし、電車で来たのだ。

オレは若干緊張しながらもインターホンをグッと押し込む。

「はーい」

「オレだ。黒峰」

「今行くねー」

明るい声だなー。今から男子を招き入れる女子のノリとは思えない。

これがギャルとでも言うのか。もしくは完全にオレを信頼してくれたのか……。

ゆっくりとドアが開かれ、いかにも部屋着っぽい緩い感じの服を着た星宮が姿を見せた。

しかもギャルモードを解除して地味子モード（もっさり髪のメガネちゃん）に戻っている。ちょっとした二重人格に感じられた。

「来てくれてありがと、黒峰くん。入って」

星宮に案内され、家に入る。掃除の行き届いた綺麗なキッチンスペースを通り過ぎ、生活空間となる部屋に踏み込むと――。

「お、リクくんいらっしゃーい」

「………」

門戸千春――もんもんがいた。

ミニテーブルのそばで寛ぎ、何やら缶ビールを片手にしている。

その顔も声音も無駄に楽しそうだった。

「え、私が居たらまずかった？　そう簡単に彩奈ちゃんとアレできると思うなよー！」

「なあ星宮。この人、家から蹴り飛ばしていい？」

「だ、ダメだよ。えーと、千春さんが居ること、言っておいた方がよかった？」

「多分言ってくれていたら来なかったと思う」

「そんなに千春さんが苦手なんだね……」

苦手というか天敵だ。つーか、ドン引き。

「彩奈ちゃんから事情聞いたよ。家出少年くんがギャルを守るんでしょ？」

「まあ、そんな感じになるんですかね」

星宮から話を聞いたらしい。しかし、もんもんはオレのことを家出少年と思っている。

どうやら星宮は話を合わせてくれたようだ。

「あ、そろそろバイトの時間だ」

そう言うと星宮は洗面所に小走りで向かった。

うぇー、まじか。もんもんと二人きりになっちゃった。

この人と居ると、オレが翻弄される立場になるから苦手なんだよなぁ。

「リクくん。もしかして私が苦手だね？」

「もしかしなくても苦手ですよ」

「そうかそうか。なら友好の証として、これをあげよう。仲良くしようじゃないかっ」

もんもんはニヤッと笑い、脇に置いていたカバンから一冊の本を取り出した。

オレは自然な流れで差し出された本を受け取る。表紙に目を落とし——後悔した。

「なんすかこれ」

「へへ、お礼は結構だよ。有効に活用してくれたまえ」

「活用ってこれ……エロ本じゃないすか。しかもギャルがヒロインのやつ」

淫らな格好をする茶髪ギャルに『いけない遊び……する？』と吹き出しがついている。

もう最低だった。友好の証どころか、世界大戦をおっ始めるレベル。

しかもギャルモードの星宮に似ているしっ。

「じゃあ行ってくるねー」

部屋に顔を出す星宮。咄嗟にオレはエロ本を服の中に隠した。

「ん？　どうしたの黒峰くん？」

「なんでもない。それよりもバイトに行くときだけ地味子になるんだな」

「地味子って……。やっぱ仕事のときは大人しい格好の方がいいかなーって。派手な格好を嫌うお客さんもいるから……。それじゃ、行ってくるね」

星宮は朗らかな笑みを浮かべると、一度オレたちに軽く手を振ってから去って行った。

「彩奈ちゃんは良い子だよね～」

「そうですね」

「やっぱりアレしちゃう？」

「帰れ」

念の為に言っておこう。オレは目上の人には敬意を払って接する。

こんな雑な発言をするのは相手がもんもんだからだ。

今回で二回目の対面となるが、もうオレの中で彼女の立ち位置は定まっている。

「リクくん。真面目な話だけどさ、彩奈ちゃんに悲しい思いをさせないでね」

「……門戸さん？」

　今までのような軽いノリではない。門戸さんは至って真剣な瞳をしていた。

「君も色々大変だろうけど、彩奈ちゃんも大変な思いをしているんだよ」

「みたいですね。アルバイトにストーカーに……」

「そういうことじゃないよ」

「え？」

　言っている意味が分からなかった。他に何があるんだ？

「んじゃま、私も帰りますかねー。あ、それと……彩奈ちゃんが居ないからって、下着を漁ったらダメだかんねー」

「しないですって」

　結局、もんもんは最後までもんもんだった。

　家に帰るもんもんを見送ったオレは玄関のドアを閉め、ため息をつきながら部屋に戻る。

「……さて、どうしよう。そしてオレの手にあるエロ本どうしよう！」

　ベランダからエロ本をぶん投げることも考えたが、捨てちゃうのは勿体ない。

　一応……一応、保管しておくか。ひとまず星宮のベッドの下に隠しておく。

「――ん」

エロ本を隠し終えた後、スマホにとある人物から電話がかかってきた。

「……陽乃」

一体何の用事だろう。オレと陽乃には決定的な溝が生まれたと思っていたのだが……。

モジモジしても仕方ないので応対する。

「…………陽乃？」

「ぐすっ……んっ……リクちゃん……？」

陽乃は泣いていた。やけに声が掠（かす）れている。

「どうした？」

「ご、ごめんね……リクちゃん。今日のこと……」

「あー……」

「なんであんなムキになったのか、自分でもよくわからなくて……。こ、このまま……リクちゃんと離れ離れになるなんて、イヤだよ…………ぐすっ……」

「…………」

「……仲直り、できないかな？」

「それは……」

迷わずに断るべきだと、僅かに残された理性がそう告げる。だが感情としては……。

「リクちゃん……？」

「陽乃が、そう言うなら……」

「ほんと？　じゃあ幼馴染として、これからも一緒……だよね？」

「うん」

今朝の段階では陽乃から離れることを望んでいた。……はは、一日も経てばこの有様だ。

一緒に居てほしいと泣きながら言われたら断れるわけがない。

「……彩奈ちゃんとは、付き合ってるけど何もないんだよね？」

「あー……そもそも付き合ってないんだ。星宮に告白すらしてない」

「まだ……私にウソつくの？」

「ウソじゃない。信じてくれ」

「……じゃあ、どうしてみんなの前で、あんなこと言ったの？」

「星宮の評判を守るためだ」

「……でも、彩奈ちゃんの家に泊まったのは本当なんだよね？」

「…………」

「やっぱり。付き合ってないのに、どうして彩奈ちゃんの家に泊まったの？」

「それは……言えない」

きっかけは陽乃に振られて自殺しに山へ行ったこと。

でも、それだけは言っちゃいけない。言いたくない。

「説明してくれないと、わかんない……」

「ごめん。でも星宮と何もないのは本当なんだ」

オレがそう言うと、陽乃は数秒の沈黙を経てから言う。

「……事情はわかんないけど、リクちゃんのこと信じる」

「陽乃……」

「彩奈ちゃんとは、なにもないんだよね？」

「ないよ」

「……わかった」

これで確認したいことは終わったらしい。それ以上質問してくることはなかった。

「ねえリクちゃん、今から私の家に来て。久々にね、二人で過ごしたい」

「……ごめん。今日は、やめておこう」

「あ……うん、そうだよね……。じゃあ、またね……」

その言葉を最後に通話を終える。

こうしてオレと陽乃は、あっさりと以前の関係に戻ってしまった。

「…………はぁ」

どうしようもない自分だと思う。

仲直りできて嬉しい。陽乃のそばに居ることができて嬉しい。

陽乃を見るのが辛いと思っているはずなのに――。

それでも嬉しくて、安心するのだ。

しばらく街灯のない山道を歩き、やがて暗闇の中に佇むコンビニに辿り着く。

数十分前、星宮に連絡したオレは徒歩で迎えに来ていた。

ズボンのポケットには合鍵が入っている。もちろん星宮から許可は貰っている。

というより渡すつもりだったらしい。……これ、同棲というやつでは？

ストーカーの件だが、とくに夜の時間帯に気配を感じるそうだ。

星宮のバイトが終わるのは基本的に午後10時。

帰りは暗い山道を自転車で下るわけだが、時折後ろから自転車のライトで照らされるそうだ。しかも毎回後ろに居るのが同じ人かもしれない……とのこと。

残念ながら顔は確認できず、体格からして三十代くらいの男の人かも……というのが星宮の予想となっている。また、家に入るときも視線を感じるとのこと。こわっ。

コンビニに到着したオレは自動ドアを通り過ぎて店内に入る。相変わらず客は０人だ。

レジに居るのは星宮――――ではなく、筋肉ムキムキの逞しいオッサンだった。

しかし唇は女性のようにプルプルで、厳つい顔には申し訳程度の化粧が施されている。

「いらっしゃいぃぃ……ん？　君は……強盗のときの子ね？」

「そ、そうです……っ」

オレに気づいたオッサンがキラリと目を光らせる。ひぃ。

「中々可愛い顔、してるじゃないぃ。どう、うちで働いてみない？」

「夜のスカウトマンかよ。オレは星宮を迎えに来たんです」

「な～るほど。最近、彩奈ちゃんに付き纏う不審者が居るらしいわねぇ。君がボディーガードをするわけねぇ」

「はい」

喋り方に癖がある。オッサンの声で女性っぽく話すから違和感がすごい。

「彩奈ちゃんを守ってくれてありがとねぇ」

「偶然みたいなものですけど」

「オーナーとしてお礼を言わせてもらうわ。本当にありがとう」

オーナーかよっ。つまり店長より上じゃん！

「彩奈ちゃんは今、バックヤードに居るわ。もうすぐ出てくるんじゃないかしら」

「わかりました。待ちます」

「君の名前は確か……黒峰リクちゃんねぇ」

「あ、あの……できれば、ちゃん付けはやめてください。こわいので」

「んっふぅ、可愛い名前ね。可愛い顔に似合ってるわ」

そう言いながら愉快げに口元を緩ませるオーナー。……あれ、オレ狙われてね？

「ここで働いてみないぃ？」

「そう言われても……」

「彩奈ちゃんを一人で置いておくのが怖いのよねぇ。この間、強盗も入ったし……」

「ここ、狙われやすい場所ですよね」

人里離れている上に、客もあまり来ない。

「そうなのよねぇ。だから私が深夜に入るようにして、これまで強盗を撃退してきたんだけど……ついに彩奈ちゃんが一人のときに狙われちゃったのよぉ」

「魔境かよ。普通に言ってるけど、めっちゃヤベェ話じゃん」

さっきの言い方だと、このオーナーは何度も強盗と戦ってきたことになる。

やはり化け物の類なのか。

「お客さん少ないから、なるべく人員の削減をしたいんだけど……大切な店員の命には代えられないもの。ここで働いてる人はみんな女性だしぃ」

「え、みんな女性？」

「そうよぉ。みんな女性」

………。

そういえば店長も女性だったな。他の店員は見たことないが女性らしい。

「どうかしら？」

「……そうですね……」

「恋人と一緒に働けるなんて夢のようでしょ？」

「いや恋人じゃないですから」

「恋人でもないのに、強盗やストーカーから守ってあげるのかしらぁ？」

「まあ、はい」

恩人ですし。だが、こちらの事情を知らないオーナーは感動したようだ。

ダンッ！　とカウンターを叩き、目をカッ開いて野太い声を上げる……っ！

「素晴らしい！　それでこそ日本男児！　眠りし武士の血よ！」

「おーい、もうオネエですらないんですけど」

ガチに厳ついオッサンだった。なんかもう戦場で大槍を振り回してそうな雰囲気。

オレがオーナーを前に唖然としていると、後ろから人の気配を感じた。

「あ、黒峰くん。迎えに来てくれたんだね。ありがと」

「……助けに来てくれてありがとう」

「え？」

キョトンと首を傾げる星宮。いや、オーナーと二人きりは、あらゆる意味で精神的負担がすごい。もう少しで泣きそうだった。

「オーナー、お疲れさまでした」

「お疲れさま彩奈ちゃん。しっかりと彼氏に守ってもらうのよ」

「か、かか、彼氏じゃないですってば！」

ボッと顔を赤くさせた星宮が、メガネが飛びそうな勢いで顔を振った。

……そこまで否定されると虚しくなる。いいんだけどさ。

星宮とコンビニから出て駐車場に向かう。当然自転車は一台だ。

「ここはあれだね、黒峰くん。二人乗りしよっか」

「だな。もう歩きたくない」

「さあ乗って」

颯爽と自転車にまたがった星宮が、後ろに座ることを促す。

「えと、星宮が漕ぐのか？」

「まあね。任せて」

「いや……まあいいか」

とくに気にせず後ろに座る。星宮は「んぅ〜！」と声を上げながら自転車を漕ごうとするが、上手くバランスを保てずに足を地面につけていた。

「……無理じゃないか？　やっぱりオレが漕ぐよ」

「大丈夫！　これでもあたし、運動神経は良い方だからっ！」

「そうは言ってもな……」

頑張って足を地面につけないよう漕ぐ努力をしているが、自転車はフラフラだ。

怖さのあまり、オレは咄嗟に星宮の腰にしがみつく。柔らかい……。

しかし、こんな危なっかしい運転で山道を下りたくない。

「悪いけど星宮、自転車で死にたくない」

「……ごめん。あんまり黒峰くんには迷惑をかけたくなかったんだけど……」

「これくらい、迷惑にならないっての」

後ろに星宮を乗せ、オレは楽々と自転車で山道を下っていく。

なんかさ、こういうの良いよなぁ。女の子と一緒に夜の山道を走るのって。

もしこれで星宮が陽乃だったら――。

「いきなりだけど、なにかあった？」

「え？」

それは、確信的な尋ね方だった。

「バイト中もね、黒峰くんのことずっと考えてた」

……え、まさかオレのことが――。

「黒峰くんは、自分が辛いとき……誰にも助けを求めないよね」

「どうだろうな」

「そうやってね、自分の気持ちにウソをついてると最後はパンクしちゃうよ。あたしのお父さんもそうだった。全部溜め込んじゃって。今の黒峰くんも、そんな感じがするよ」

「………」

オレは返事をせず、ハンドル操作しながら前方の暗闇を見続ける。

「辛いときには辛いって、言っていいんだからね。ううん、言ってほしいの」

オレの腹に細い両腕が回される。背中に温かく柔らかい感触が押し付けられた。

優しく包み込むように抱きしめられている——と理解する。

「……わかった。今すぐは無理だろうけど……善処する」

「うん。黒峰くんのペースでいいからね……」

不思議なことに、星宮の言葉はオレの胸の中にスッと入った。

彼女の優しさを背中にも感じたからだろうか。

これまでのオレは陽乃がそばに居てくれるなら何でも良かった。

けど、今は——。

「そうだ、明日二人で遊びに行こっか」

「遊びに？」

「うん！　自分をパーッと解放してね、思いっきり遊ぶの！　どうかな？」

「……いいよ。遊びに行くか」

「決まりっ。明日、楽しみだね」

えへへ、と弾むような可愛らしい声が耳元で微かに聞こえた。

きっと今の星宮は見惚れるような笑顔を浮かべているのだろう。

そんなことを思ったせいか、オレはポロッと本音を口にする。

「星宮って……いい女だよな」

「え、えええええ⁉　いきなりなに⁉」

「いや、思ったことを言っただけだ。ふざけてるとかじゃなく、な」

これほど他人の心に寄り添ってくれる女子が他に居るのだろうか。

ただ好き好きと言われて迫られるよりも、圧倒的に心が満たされる気がする。

……オレと星宮が話し始めたのは、つい昨日のことだよな。

ずっと前から星宮のことを知っていたような感覚でいた。

それほど濃密な時間を星宮と過ごしているのか。

「も、もうっ！　変なこと言わないでよ！　そもそも黒峰くんって――」

「ちょ、ちょっ！　暴れるなって！」

照れ隠しのジタバタか知らないが、後ろに座る星宮が激しく揺れている。や、やべぇ！

まさに、夜の地獄サイクリングである。

これからは、あまり下手なことは言わないでおこう……っ。

午後1時。オレは星宮の家の近くにある公園に居た。

昨晩約束した通り、今日は星宮とオレの二人で遊ぶ予定だ。絶賛待ち合わせ中。

同じ家に居るのだから一緒に出ればいいと思うのだが、そこは星宮のこだわりで『雰囲気が大事！』ということでオレが先に家を出て待ち合わせをしている。……デートかな？

オレがボーッとベンチに座って公園の出入り口を眺めていると、星宮がやって来た。

「おまたせー。待った？」

「ボチボチかな」

「もう、そこはオレも今来たところだって言うべきじゃん」

そんなこと言われても困る。オレたち、同じ家に居たわけだし。

そう口には出さず、星宮の格好を眺めてしまう。

髪型は茶色のストレートヘア。顔には薄めの自然な化粧がされている。

服装は両肩を露出させた白ブラウスとミニスカート……ちょっと肌の色が目立つな。

星宮は綺麗な美肌の持ち主で、男の目を引くスタイルをしている。

つまり、そんな可愛らしい格好をしたら魅力が限界突破するぞ。

しかし学校に居るときの星宮と比べると、ギャル加減と言えばいいのか……派手さが抑えられているように感じられた。

……あー、もしかして……オレか。多分オレに合わせている。

オレはオシャレに興味がないので普通に出歩く用の服しか持っていない。

おそらく星宮は、そんなオレと温度差を生まないためのオシャレをしてきたのだろう。

気遣い上手かっ。内も外も完璧だ…………！

「ん、どうしたの黒峰くん？」

「いや……さすがに可愛いなと思って」

「うぇ⁉　あ、えと……ども……」

頬を赤くさせてどもる星宮。恥ずかしそうに頬を掻いている。

どうやら異性から褒められることに慣れていないらしい。

一見、色んな男とデートしてそうなのにな。

「黒峰くんさ……。ふ、普通に言うじゃん……言い慣れてるの？」

「そうだなぁ、幼馴染には何度も言ったことがある」

「そ、そうなんだ……」

まあ陽乃は『こんな可愛い幼馴染が居て嬉しいでしょ！　へへん！』と照れるどころか
胸を張っていたけどな。まったくオレを異性として意識してないっ！

「それじゃあ行こっか」

「待つんだ星宮」

「え、なに？」

公園から出て歩道に踏み出した星宮を呼び止める。なんて迂闊な！

「車道に寄るんじゃない。もっと端っこに寄るんだ」

「えーと……十分歩道スペースは確保されてるし……大丈夫じゃない？」

「人生を舐めてるのか？　死ぬぞ」

「えっ！」

「車はどこから突っ込んでくるかわからない。常に周囲を警戒するんだ」

「そ、そうだね……。うん、そうだねっ」

星宮は顔を引きつらせるがコクコクと頷く。

そしてオレたちは縦一列に並び、歩道の端に寄って黙々と歩くのだった。

◇◇◇

まずオレたちは映画館に来た。割り当てられた席に着いて上映時間まで待つことになる。

時間潰しするため、隣席の星宮に話しかけることにした。

「今から観る映画は恋愛ものだよな？」

「うん。森本さんがオススメしていたから期待できるよ」

「へえ、あの森本さんがオススメしていたのか。期待できそうだな」

「でしょ？　あたしも楽しみにしてたんだー」

「……ところで森本さんって誰？」

「同じクラスの――って、もう黒峰くんっ。クラスメイトの名前覚えてないとか酷いよ」

確かに酷い。あれ？　今思うとオレ……陽乃と星宮以外のクラスメイトの名字を思い出せないぞ。とことん陽乃にしか興味がなかったせいだな。

我ながらよく星宮だけは覚えていたものだ。

「……同級生と恋愛映画を観る、か」

「黒峰くん？」

「これさ、デートじゃないか？」

「えっ⁉　い、いきなりなにを言うのかなぁ⁉」

「どう考えてもデートだろ。二人で休日に出掛けて恋愛映画を観る……誰がどう聞いてもデートになるぞ」

「あ、あたしそんなつもりないから！　普通に黒峰くんと遊びたいだけだから！」

「……わかったから落ち着けって。ほら、飲み物」

オレは座席の肘掛け部分に設置されているドリンクホルダーから飲み物を手に取り、星宮に渡す。顔を真っ赤にしていた星宮は飲み物を受け取るとストローを口にしてズズーッと思いっきり飲み始めた。

「──あ、それ……オレのやつだった」

「んぐんっ⁉　けほけほっ！　……く、黒峰くん⁉」

「ごめんごめん。映画館に来るとたまに起こるアクシデントだよな」

陽乃もよく間違えてオレの分を飲んでいた。

「ど、どうしよ。間接キスになっちゃった……。あたし、初めてだったのに……！」

「初めてって……たかが間接キスじゃん」

「たかが、じゃないから！　ちゃんと責任取ってよね！」

「……どう責任取ったらいいんだよ………」

ふん、と顔を背けてしまった星宮に、オレは困惑を隠しきれなかった。

「「…………」」

映画を観終わった後、オレと星宮はうつむきながら街中を歩いていた。

それも星宮は若干距離を置くように、オレの三歩くらい前を歩いている。

いや間接キスのくだりが原因じゃない。問題は映画の内容にあった。

そう、官能的なシーンがあったのだ。

エロを売りにした映画ではないので軽い表現ではあったが……。

異性の同級生と一緒に観るのは気まずくなる。

「おーい、星宮」

「…………えっち」

「なんでだよ」

星宮が振り返らずして非難してくる。理不尽極まりない……！

この空気で一日過ごすのは拷問に等しい。

待て、一日だけじゃないぞ。

期間を定めていないが、今後もオレは星宮の家で暮らすのだ。

なんとか空気を変えたいところ……。

そう考え、陽乃とどうやって休日を過ごしていたのかを思い出す。

「星宮、ゲーセンに行かないか？　楽しいぞ」

「…………」

「それともギャルはゲーセンに行かないのか？」

「……普通に行くけど。黒峰くん、やっぱギャルに変な偏見を持ってる」

「それは否定しない」

ていうか星宮がギャルなのか怪しく思っている。

◇◇◇

ずっと頬を染めている星宮を連れて近くの大型ゲームセンターにやってくる。

ここに来るのは久しぶりだ。中に踏み込むと音の威力を感じた。

あらゆるゲーム機から発せられるＢＧＭが合わさって鼓膜を激しく揺らす。

オレたち以外にも多くの中高生が楽しそうに遊んでおり、このゲーセンは若者から人気があるのが一目でわかった。もちろん大人もいるが……。

あ、チラチラと星宮を見ている男がいる。

「黒峰くん、なにかしたいゲームある？」

「そうだな。オレは──」

「あ、待って！　まずはエアホッケーしようよ！」

「……おう」

聞いておいてなにそれー。でも賛成だ。ぶっちゃけ何でもいい。

とりあえず星宮に機嫌を直してもらうのが先決。

オレたちはエアホッケーを求めて店内を歩き、台を見つけて位置につく。

用意されていた手に持つ道具（あとで知るが、マレットというらしい）を握り、百円玉を投入口に入れるとコロンと円盤が取り出し口から排出された。ゲーム開始だ。

「じゃあ行くぞ星宮」

「うん！　いつでもこい！」

なんかやけにノリノリだな。まるで水を得た魚のよう……。

ま、最初は様子見ということで優しめに行くか。可能であれば接戦を演じてオレが負ける。そうすれば星宮の機嫌も直るだろう。つまり接待エアホッケーだ。

オレはマレットで円盤を打ち込む。円盤は真っ直ぐ星宮のゴールに向かい──凄まじい速度で星宮に打ち返された円盤は、目にも留まらぬ速さでカンカンと音を立てて壁を反射し、あっという間にオレのゴールに吸い込まれた──。

「……え？」

瞬きするオレ。反応できずに点を取られてしまった。なに、今の速さ……？

呆気に取られていると、ぬらりとした空気を漂わせる星宮が顔を上げた。

「一つ言い忘れていたことがあったの」

「……なに？」

「あたし、近所の子供たちから、エアホッケーの女王様と呼ばれてるんだよねっ！」

「す、すごいのかわからーん！　てかホントにギャルかよっ！」

結局、オレは逆転することなく10－1という惨敗を喫する。接待する暇もなかった。

逆に接待してほしかった。まじで強い。ありゃあ女王様やでぇ。

マレットを自在に操り、円盤を何度も打ち込む姿は、なんかもうプロの人に見えた。

ただ、まあ……なんだ。星宮の、楽しそうな笑顔が印象的だった。

エアホッケー終了後、オレと星宮は休憩エリアのベンチで休むことにした。
「いやー、少し汗かいたねー」

飲み物を買いに行っていた星宮が帰ってきた。随分と爽やかな声をしている。

「ほい、飲み物」

「ありがとう――っ！」

差し出された紙パックのいちごジュースを受け取ろうと顔を上げ、気づく。

星宮の服が――汗で透けている！

ブラジャーの輪郭が、くっきりと白ブラウスに浮き出ていた――！

「ん、どうしたの黒峰くん？」

「ほ、星宮……どんだけ汗かいてんだよ！　下、透けてるぞ！」

「え……わ、わぁああぁ！」

星宮は自分の体を抱きしめると悲鳴を発しながらしゃがみ込む。

今までちゃんと見ていなかったが凄まじい汗の量だ。

前髪は額にベッタリ、汗を吸い込んだブラウスは肉体の凹凸を浮き彫りにするように貼り付いている。これはヤバい。この姿でゲーセン内をうろつくのは恥ずかしいだろう。

オレは周囲を見回し、避難できる場所を探す。

「星宮、あそこにプリクラがあるぞ」

「だからなに⁉　え、今のあたしを撮るってわけ⁉　サイテー！」

「違うっての。プリクラなら密室みたいなもんだし、人目につかないだろ？　汗が乾くまで避難しよう」

「そ、そういうことね……。もう、先に言ってよ」

「……オレが悪いの？」

複雑な気持ちを抱えながら二人でプリクラに移動する。

運良く誰にも見られることはなかった。

というよりプリクラコーナーは人気がないらしい。人が居ない。

カーテンを押しのけ、中に入る。思ったより狭い。

なるべく広そうな筐体(きょうたい)を選んだが、少し腕を伸ばせば星宮に当たってしまう。

まあ二人用ならこんなものか。

「………………」

ススッと、無言で隅っこに移動する星宮。

「どうした？」

「汗……くさいでしょ？」

「全然。むしろ女の子らしい匂いがする」

「へ、変態！」

どうやらフォローの仕方を間違えたようだ。

良くも悪くも幼馴染に接するようなノリしか知らない弊害が出てしまった。

「「…………」」

なんとも言えない微妙な沈黙が漂う。外から聞こえるゲーセンのＢＧＭがこの場の全てだった。オレと星宮は背中を向け合い、お互いに喋ろうともしない。

密室に近い状況であることがより緊張感を高めていた。

……あれ、オレまで入る必要なくね？

オレは外で待ってたらいいじゃん。流れで一緒に入ってしまった。

「外に出てるよ」

「どうして？」

「どうしてって……」

「なんか……寂しいじゃん、そういうの。一緒に……居てよ」

この場に留まるオレ。どうすればいいんですか？

ぶっちゃけ逃げたい。しかし星宮の汗で濡れた背中がどこか寂しそうに見えてしまい、留まるしかなかった。……いや、なにも考える必要はないのかもな。

オレが幼馴染と話す時に何も考えないように、星宮と話す時もウダウダと考える必要はないのだろう。一緒に居て沈黙が漂うなら、それが自然な雰囲気なんだ。

「なあ星宮」

「なに？」

オレたちは背中を向け合った状態で話す。顔は見えないが、これでいい。

「今日のことだけど、ありがとな」

「………………」

「スッキリしたよ」

ただ、ゆっくりと丁寧に本音を吐き出す。頭の中のモヤが晴れたような感覚だ。

「あたしの方こそ……ありがとね。すごく楽しかったよ。いつもの友達とは、こんなに羽目を外せないから……」

その満足感は、今まで得られなかったものだ。

星宮の声を背中越しに聞き、オレはどこか満足感を得ていた。

「………………」

陽乃にさえ抱いたことがない感情。

それが何なのか、今のオレにはわからなかった。

「ん～～。今日は楽しかったね～」

「そうだなぁ」

伸びをしながら言う星宮に相槌を打つ。

夕日に照らされ、オレンジ色に染まる街中をオレたちは並んで歩いていた。

横の車道では信号待ちの車がズラリと列を作っている。

「黒峰くんとプリクラ、撮っちゃったねぇ」

「そうだな。何か深い意味でもある？」

「ないよー。なんとなく言ってみただけー」

一枚のプリクラを頭上にかざしながら眺め、星宮は茶目っ気たっぷりに言った。

あの後、汗が乾いたついでに二人でプリクラを撮ったんだよなぁ。

少しドキドキしたのは内緒だ。

「あはは、黒峰くんて写真慣れしてないでしょ。笑顔が崩れてる。あはは」

「仕方ないだろ。あんまり笑ったことないし……」

「じゃあ……これからは、いっぱい笑わなきゃね」

「――――っ」

不覚にも。不覚にもドキッとした。

夕日に照らされる星宮の笑顔が、本当に美しく見えた。

そして、次の瞬間――――。

後ろから、パァアアア！　と、けたたましいクラクションが鳴り響いた。

ドクンと心臓が跳ねる。過去の記憶が一瞬にして蘇（よみがえ）った。

目の前で家族が一台の車に――――。

気づくとオレは――後ろの車から庇（かば）うように、星宮を強く抱きしめていた。

「く、黒峰くん!?」

「…………」

「黒峰くん！　ど、どど、どうしたの!?」

「……へ？」

恐れていた衝撃が一向に来ない。

「そ、その……こういうのは、まだ早いんじゃないかなぁ！　もうちょっとお互いを知ってから……」

「……車は？」

「そう、車……車？」

至近距離から見つめ合い、お互い目をパチパチとさせる。……え？

「いやさっき、クラクションが……」

そう言いながら振り返る。何事もない街の光景が広がっていた。

車道の方にも問題は一切なく、無数の車が走行音を轟かせている。

「あ、ああ、さっきのクラクションね。信号が青になったのに動かない車が居たから、後ろの人が鳴らしたみたいだよ」

「そ、そうだったのか……」

どうやらオレの勘違いだったらしい。

「それと黒峰くん……そろそろ……」

オレの視界いっぱいに映るのは顔真っ赤の星宮。まだ抱きしめたままだった！

「ご、ごめん！」

急いで離れる。これは、やってしまった～。

オレは土下座もする覚悟で頭を下げる。

「本当にごめん！　車が後ろから突っ込んでくると勘違いして……。ほんとごめん！」

「そ、それって……あたしを守ろうとしてくれたってこと?」

「まあ……うん」

結果として、いきなり抱きついた変態になったがな!

これはストーカーよりもヤバい奴だ。

「そ、そっか……」

「星宮?」

「………」

星宮はオレからプイッと顔を背けると、気持ち速めに歩き始めた。

……あー、これは嫌われましたね。やらかしたー。気まずいぞー。

しかも同じ家に帰るとかー!

「………」

オレは歩いていく星宮の背中を呆然と見つめる。一歩も動けないでいた。

どうしたらいいのかわからない。

なんとかいい感じの一日にできたのに、最後の最後でオレがぶち壊してしまったのだ。

「………黒峰くん?」

ふと足を止めた星宮が、コソッとこちらに振り返る。未だに星宮の顔は赤い。

「なにをしてるの？」

ギリギリ声が聞き取れる距離。星宮の質問に対してオレは口を開くが何も答えられない。

星宮に嫌われたと思ったその瞬間から、頭が回らなくなっていた。

「黒峰くん、帰るよ」

「でも、オレ……」

「さっきのこと、怒ってないから」

「………ほんと？」

「うん。……その、助けようとしてくれて、ありがとね」

照れ臭そうにそう言った星宮は——温かみのある優しい笑みを浮かべた。

◇◇◇

「うわぁ……どうしよう。黒峰くんの顔、まともに見れないんだけどぉ……」

夕飯を終えた晩のこと。あたしは浴槽に浸かりながら声を漏らす。

顔が熱いのは風呂とは関係なく、きっと感情によるものだった。

「ギュッて、されたなぁ」

クラクションが鳴り響いた後のことを鮮明に思い出す。

黒峰くんに抱きしめられた感触、息遣い、心臓の鼓動を思い出せた。

あれだけ異性から密着されたのは生まれて初めてのこと。

「黒峰くん……身を挺して守ってくれたんだよね。それも反射的に……」

勘違いだったにせよ、命がけで守ってくれたことには変わらない。

「すごく、ドキドキする……」

自分の胸に手を当て、心臓の高鳴りを確認する。

初めての感情に戸惑いを隠しきれず、あたしは口元まで湯の中に沈んだ。

「ぶくぶく、ぶくぶく」

息を吐きだし泡立つ水面を見ながら、なんなんだろうこの気持ち、とあたしは頭を悩ませるのだった。

◇◇◇

これは――クラクションが鳴る直前の出来事。

「え、リクちゃん？」


友達と街まで遊びに来ていた私は、大切な幼馴染を発見して足を止めた。

すぐに駆け寄ろうとしたけど、リクちゃんの隣に居る彩奈ちゃんを見て立ち止まる。

並んで歩く二人は、肩と肩が触れそうなほど近く、見るからに親密さを漂わせていた。

「……どう、して？　彩奈ちゃんとは……なにもないんじゃないの……………？」

そしてクラクションが鳴った瞬間、リクちゃんが彩奈ちゃんに抱きついた……！

「————ッ」

愕然とする。まるで刃物で刺されたような衝撃が胸を襲った。

「ど、どうして、どうして……。彩奈ちゃんとは、なにもないって、言ってたのに……」


————リクちゃんの、ウソつき。

私は何も考えることができず、ただ呆然と二人の背中を眺めていた。

二章　進展

星宮との同棲が始まって早くも数日が経過した。

この生活にも慣れてきた頃合いだろうか。

最初は洗濯物や寝る場所について言い合うこともあったが、今は安定した一日を送れるようになっている。寝る場所についてはオレが布団を購入することで解決した。

あのコンビニ強盗も自首したそうで、あと残す問題はストーカーだけとなっていた。

しかしストーカーの気配を一切感じられないでいる。

オレが居るからストーカーは警戒しているのだろうか？

そんなこんなで、割と平和で充実した生活を送っていた。

だが、何かがおかしい気がしていた。

星宮と初めて遊びに行ったあの日から……やたら星宮が優しくなったのだ。

「起きてー。黒峰くん、早く起きてってば」

肩を揺すられて目を覚ますと、天井を背景に星宮の顔が見えた。ギャルモードの星宮だ。

制服に着替えていて化粧もバッチリ。……朝か。いまいち頭が働かない。

「ちょっと黒峰くん。早く準備しないと学校に遅れるんだけどっ」

「そうか……おやすみ」

ねむい。そのまま目を閉じて二度寝しようとすると──「こらぁ！　起きなさい！」と
再び肩を揺すられた。さすがにこれ以上無視できないと、気怠く体を起こす。

「ほら、顔洗っておいで」

「……ん」

「ちゃんと歯を磨くこと」

「……ん」

ボーッとしながら洗面所に向かい、星宮に言われた通り顔を洗って歯を磨く。

……やっぱり何かおかしいよな。

歯を磨いているオレは、洗面所の鏡に映る自分を眺めながら疑問を抱く。

いや、星宮に起こされることについては普段通りだ。……普段通りというのがおかしい。

「黒峰くーん。お弁当作ってあるからー」

「んー」

「忘れちゃダメだからね！」

「んー」

部屋の方から聞こえてきた星宮の声に、歯を磨きながら短く返事をする。

どうしよ、ビックリするくらい面倒見てもらってるんだけど。

オレさ、ストーカー対策のために来たんだよな？

この状況に戸惑いつつも歯を磨き終えて部屋に戻る。

「黒峰くん。朝ご飯食べちゃって」

星宮がテーブルに朝ご飯を並べていく。白米、卵焼き、焼き魚、味噌汁……定番だな。

また偏見と言われるかもしれないが、ギャルが作った朝飯とは思えない。

ていうか星宮ってギャルなのか？　本質的な話で。

そんなことを思いながらテーブルの近くに腰を下ろし、用意されていた箸を手に取って
黙々と食事を始める。美味しい。

星宮が料理上手なのは、この同棲生活で知ったことの一つだった。

「ちょっと黒峰くん！　寝ぐせ直してないじゃん！」

「……別によくない？」

「ダメだってば！　ほらジッとして」

「……ん」

櫛（くし）を手にした星宮が、オレの髪をとかして寝ぐせを直していく。

もはや面倒見てもらってるというより、お世話されている感じだな。

オレはペットか何かだろうか。……ま、いいか。

「これでよし！　朝から忙しいなぁもう……いただきますっ」

オレの寝ぐせを直し終えた星宮も朝飯を食べ始める。

なんかもうお母さんみたいになってるぞ。

オレと星宮が、テーブルを挟んで朝の時間を過ごす……それも当たり前となった日常の一つ。これでいいのかと思う一方、今までに得たことのない充実感があるのも事実だった。

朝食を終えた後はオレが食器を洗う。そうしていると登校時間になるわけだ。

「黒峰くん！　早く制服に着替えないと！」

「あー、そうだな」

「って、どうしてあたしの前でパジャマを脱ぎ始めるのかなぁ!?」

「……いい加減慣れただろ？　何度もオレの下着を見てるじゃん」

「み、見てないしっ！　見る機会なかったしっ！」

バタバタと慌てた星宮はオレから顔を背けてしまう。

こういうことに関しては、まだ慣れないらしい。

洗濯の際にオレの下着を見ているはずなんだけどな。

「こんな狭いアパートで一緒に暮らしているんだ、お互いに色々見ちゃうのは仕方ないと思うぞ」

「そ、それでもちょっとは気を遣ってほしいかなぁ。ドキッてするから……」

「いっそオレの家に来る？　部屋が空いてるから余裕をもって生活できるぞ」

「そ、それは……まだ、早いと……思います。あたしが男の子の家に上がるなんて……！」

「男を家に泊めるよりはハードル低いだろ……」

顔を赤くさせた星宮を見て少し呆れ（あき）てしまう。

変な価値観というか、うぶというか……。

星宮と共に登校し、朝の教室に入る。オレたちは別れて自分の席に着いた。

以前まではクラスメイトたちから注目されていたが、今となっては日常的な光景になったらしく、オレと星宮が一緒に居ても過剰反応する者は居ない。

周囲もオレたちの関係に慣れたらしい（本当に付き合っているわけじゃない）。

しかしオレがストーカー対策として星宮の家に住む上で、付き合ってるフリをするのは好都合に思える。同棲していることは秘密にしているが、いざ同棲がバレたときのことを考えると納得してもらいやすいはずだ。

「……平和、だな」

漏れ出た本音。落ち着いた日常を実感している。

だが、一つ気になることがあった。

それは陽乃（はるの）がオレに話しかけてこないこと。意図的に意識から外している感じだ。

この前、幼馴染として一緒に居たいと言っていたのに…………。

陽乃と距離を置く、それはオレが望んだことでもあったのに少し悲しく感じる。

「黒峰くん？」

「うおっ」

すぐ目の前に星宮が居た。

なぜか右腕を背中に回している星宮が、少し屈（かが）んでオレの顔を覗（のぞ）き込んでくる。

「ねえ黒峰くんー。何か……忘れてない？」

「忘れ………あー、あれか」

「そう、あれだよ、あれ」

「おはようのキス」

「違う！　全然違うよ！　黒峰くんのバカ！」

　はいバカを頂きました。そしてオレたちの会話を聞いていたらしい一部のクラスメイトたちが、「キス……おはようのキス……」「くそ、やっぱイチャイチャしてんじゃねーか」と囁く。その声を星宮は敏感に聞き取ったらしく、一瞬でカーッと顔を赤くさせた。

「く、黒峰くん……？　あとでお説教だから」

「……すみませんでした。ところで、オレが忘れてることってなに？」

「お弁当だよ、お弁当」

　周囲に聞こえないよう小さな声で言った星宮が、背中に回していた右腕を前に持ってくる。その手には黒色の手提げ袋が摑まれていた。中に弁当箱が入っているのだろう。

「お弁当、忘れないようにって言ったよね……？」

「言ってたな」

「黒峰くん、お弁当を無視して家から出て行っちゃって……。いつ思い出すかなーって、ずっと待ってたんだよ？」

「すみません……」

「しっかりしてよね、もう」

そう不満げにする星宮は、オレに弁当を渡すと自分の席に戻って行った。

そして隣席のギャル友達であるカナから話しかけられる。

「へー、弁当も作ってあげてんの？」

「えと、ほら……ついで？　自分の分を作るついで」

「ふーん、そんな風に見えなかったけどね。なんか彩奈の方が黒峰に夢中って感じじゃん」

「な、ないない！　お弁当は、ほんっとついでだから！　深い意味ないからっ！」

「その必死さが逆に怪しい……。お情けで付き合ってるうちに、本気で好きになったんじゃないの？」

「ち、違うって！　その……黒峰くんて放っておけないんだよね。迷子の子犬みたいで」

なんだそれー。最近やたら優しいのは、そういうことかー。

以前から薄々感じていたが、本当にペット扱いされていたらしい。

愕然としながら、なんとなく陽乃が居る方に目を向ける。ドキッとした。

陽乃が、えらく不機嫌そうな顔でオレを見ていた。

――あ。目が合った瞬間、プイッと顔を背けられる。

……陽乃が何を考えているのかわからない。

もう、気にする必要はないのかもしれない。オレは今の生活を楽しみたかった。

「それはともかく……」

机の引き出しから、一通の手紙を取り出す。今朝、靴箱に入っていたのだ。

内容は『昼休み、飯食った後で校舎裏にきてほしい』というもの。

差出人は書かれていない。あと字が少し荒い。女の人が書いた雰囲気はあるんだが……。

飯食った後という書き方に女らしさが微塵(みじん)も感じられない。

とりあえず行ってみるしかないか。

◇　◇　◇

手紙の指示に従って校舎裏にやって来る。

しばらくして現れたのは――カナだった。

オレの姿を見るなり感心したような表情を浮かべる。

「お、来てんじゃん」

「ごめんなさい。貴女とは付き合えません」

「は？　勘違いしてない？　つーか黒峰ごときに振られたのがショックなんだけど」

「え、告白……じゃないのか？」

「違うから。彩奈の彼氏に告るほど落ちぶれてないって」

やはりラブレターではなかったか。ならどんな用件でオレを呼び出したんだろう。

「単刀直入に聞くけど……彩奈と上手くやれてる？」

「まあ、それなりに仲良くしてると思うけど……」

「そ。一ヶ月限定の付き合いだっけ？」

カナの問いかけに対し、頷く。

「アンタと彩奈が付き合い始めて……二週間くらい？　だったら、彩奈が男慣れしてないの……すでに知ってるよね？」

「まあ…………割と早い段階で知った」

そう言うと、カナは「そうだよねー」と言って言葉を続ける。

「彩奈あんなんだからさ、変な男に泣かされないようにアタシが気を配っていたわけ」

「……なにが言いたいんだ？　星宮と別れろって？」

「はぁ？　そんなこと言うわけないじゃん」

人を小馬鹿にするような言い方だった。じゃあ何を言いたいんだ。話が見えない。

「最近の彩奈、潑剌（はつらつ）としてんだよね」

「……………」

「以前から明るくて元気な子だったんだけど、とくに最近は輝いてるっていうの？　全力で人生を楽しんでますって空気がすごいわけよ」

「それで？」

「彩奈、本気で惚（ほ）れてるっぽい」

「誰に？」

「はぁ……本気で聞いてる？　黒峰しかいないじゃん」

「そ、そんなバカな……」

ため息混じりに言うカナに、驚きを隠しきれなかった。あの星宮が……？

「アタシ、実は黒峰のことバカにしてたんだよね。泣きながら告るとか男としてどうよ？って。でも、それくらいのヘタレ男の方が、彩奈も安心して向き合えるのかもしんない」

「ボロクソな評価だな。今泣きそうなんだけど」

「一ヶ月だけの付き合いって約束らしいけど、延長よろしく」

「それはオレじゃなくて星宮が決めることだと思うぞ」

「じゃあ大丈夫。今の彩奈、黒峰ばっか見てるから」

「まじか」

「まじだって。アタシが言いたかったのは、今後とも彩奈をよろしく、てこと。んじゃ」

好き放題に言ったカナは、手をヒラヒラと振って校舎裏から去っていた。

その軽いノリというか身勝手さが、オレのイメージするギャルに近い。

そして一人残されたオレは「まじでー？」と呟くのだった。

◇◇◇

——星宮は、オレのことが好き。

ずっとそのことを考えていたせいで授業に身が入らなかった。気づけば放課後。

クラスメイトたちが教室から出ていく中、いつものように軽いノリで一人の女子がオレに近づいてくる。

「黒峰くん。帰ろっか」

「星宮……」

「ん？　なに？」

コテンと首を傾げる星宮。やばい、ドキッとさせられた。

まさか陽乃以外の女子にときめいたことがないこのオレにドキッとさせるとはな……！

「星宮、オレはまだ負けたわけじゃないぞ」

「えーと……あたしたち、なんかの勝負してたかな？」

その困ったような笑みを浮かべる星宮にもちょっとした可愛らしさを感じる。

……まずい、まずいぞ。オレ、気づけば攻略されていたかもしれない！

いやこれまでのことを考えるとすでに攻略されていてもおかしくない！

人生のどん底から助けてもらい、励ましてもらい、事あるごとに優しくしてもらい、最近では日常的なお世話までしてもらっている。

はは、おいおい。これで攻略されない方が異常じゃねえか。

「黒峰くん？」

「星宮、オレと今すぐ結婚してくれ」

「え、えええええ!?　い、いきなりなに!?　そ、そういう話はまだ早いってば！」

「わかった。じゃあ明日、式場について話そう」

「や、ややや！　も、もうちょっと段階を踏んでから……！」

「ほう。じゃあ段階を踏んだらいいのか？」

「そ、それは………わかんない……」

顔を真っ赤にさせる星宮。見るからに精神的に追い詰められている。

そんな星宮に、思わぬところから敵が現れた。

「黒峰ー。あたしの彩奈を頼んだ」

「ちょっとカナ⁉」

「任せろ。星宮はオレが幸せにする」

「く、黒峰くん⁉」

どうしよう、今のオロオロする星宮を見るのが楽しい。

ちょっと楽しんでいるオレを見抜いたのか、星宮は怒り気味で言う。

「へ、変なことばかり言って！　もう黒峰くんなんて知らないっ！」

「あ──」

星宮がダッシュで教室から出て行ってしまう。

ふざけ過ぎた。早く追いかけないと──。

「星宮、ほんとごめん。ちょっと調子に乗り過ぎた」

「…………」

「星宮さーん」

さっさと歩いて行ってしまう星宮の背中に呼びかける。

これは本気で怒らせてしまったか。どうしよう……。

やってしまったと後悔していると、ピタッと星宮が足を止めた。

「星宮？」

「……許してほしい？」

「まあ……うん。許して、ほしいです」

振り返らず言ってくる星宮にオレは頷く。

「じゃあ今日のお風呂掃除、代わってくれたら許す……」

お風呂掃除……オレと星宮は当番制にして毎日交代しながら浴槽を洗っている。

そんなことでいいならと思い、承諾することにした。

「わかった。今日もオレが洗うよ」

「………なら、よし」

許しをもらえたらしく、星宮の隣に行っても先にサササッと歩いて行かれることはなかった。オレたちは肩を並べて歩き始める。一緒に帰るのも普通になったなぁ。

「黒峰くん、てさ……いつの間にカナと仲良くなったの？」

「別に仲が良いってわけじゃない」

「ほんと？　でもさっき、やけに息が合ってたよね？」

「カナとは今日の昼休みにちょっと話をしたくらいだよ」

「話？　なんの話をしたの？　……あ、やっぱりいい。あまり詮索されるのもイヤだよね」

「とくに隠すようなことはないぞ。カナから星宮を頼むって言われたくらいだな」

「な、なにそれー。ほんっと余計なお世話だよ……。それよりも黒峰くん、カナのこと名前で呼んでるんだね」

「え？」

「ううん、なんでもない」

星宮が首を横に振って話を終わらせる。よくわからないがオレも追及するのはやめておいた。ちなみに言うとオレはカナの名字を知らない。
なんだろう、さっきの星宮の感じ……。ひょっとして、妬いてる？
こそっと星宮の顔を覗いてみる。
ほんの少し唇を尖らせて不服そうな顔をしていた。それだけではない。
自分の髪を指で弄って気持ちを落ち着けようとしているようにも見えた。
カナの言った通り、本当に星宮はオレのことが――。
くそ、顔が熱くなってきた……！
なんだこれ、本当にオレは星宮のことが好きなんだろうか。
さっきのはおふざけ的なノリだったのに……！
でもオレは陽乃のことが好きで……。
どうしよ、同時に二人の女の子を好きになってしまった――！
「ん？　どうしたの、黒峰くん。さっきから落ち着きないよ」
「そ、そうー？　いつも通りだけどー？」
「喋り方がわざとらしいね……」
知りたい、星宮の気持ちが知りたい。
今後、この生活を続けていく上でもはっきりさせておいた方がいいに違いない……！

「いきなりだけどさ、星宮って好きな人……いる？」

「うぇ⁉　ほんとにいきなりだね⁉」

「……いる？」

「え、えと……それは……」

「彼氏がいるか聞いたことはあったけど、好きな人について聞いたことがなかっただろ？　今の生活を続けていくことを考えると、星宮に好きな人がいるのかどうか、割と重要な問題になると思うんだ」

「あ、あー……そう、かも……？」

「い、いるのか……？」

オレは半端なく緊張していた。おそらく人生で一番緊張している。手汗もすごい。

陽乃に告白したときは成功間違いなしと思っていたから緊張することは一切なかった。

でも、今は──。

「……い、いるかも……」

と、ポッと頬を赤くさせた星宮が躊躇いがちに言った。

「かもってどういうこと？」

「……まだわからない、かな。初めての感情っていうか……その……。これが好きって、ことなのかなーって」

「………」

「まだ、ね……自分の中で、答えが出せてない……のかなぁ？」

なんだそれー。小学生じゃないんだから自分の中にある恋愛感情くらいわかるだろー。

「相手は……誰？」

「え？」

「相手が、知りたい」

思わずオレは食い気味に尋ねてしまう。

「そ、その……わわっ」

焦った星宮がオレから距離を取ろうと後ろに下がり——段差にかかとを引っかけてバランスを崩す。そのまま後ろに倒れそうになるが、咄嗟にオレが星宮の腕を摑んで支えた。

「大丈夫？」

「う。うん……」

星宮の腕を離す。すると星宮はオレから少しだけ離れて不満をぶつけてきた。

「黒峰くん、デリカシーがない」

「——うっ」

「そういうの、しつこく聞いたらダメだよ」

「いや……気になってさ」

「気持ちはわかるけどね……。でも聞き過ぎると、人から嫌われちゃうよ？」

　──嫌われる。

「………ごめん」

　オレは少し暴走気味だったかもしれない。

　なによりも恋愛に関する話の運び方を知らなかった。

「そんなにしょんぼりしないで。あたしが黒峰くんを嫌うって意味じゃないから」

「……別にしょんぼりしてない」

「ほんと？　叱られた後の子犬みたいな顔になっているよ？」

「どんな顔だよ……」

　不満げに言ってみせると、星宮はオレを励ますような明るい笑みを浮かべた。

　そして「ん──」と必死に背伸びをしてオレの頭をなでてくる。

「よしよーし」

「犬扱いだ」

「お手」

「わん」

星宮が手を出してきたので、すかさずお手をしてやる。

……もはやオレにプライドはないのでしょうか？

「あはは、意外にノッてくれるね。じゃ行こっか、忠犬リクくん」

「わん」

◇　◇　◇

星宮のバイトが休みということで、帰りの途中にあるカフェに寄ることになった。

もちろん星宮からの誘いである。

カフェ内はそこそこ人が多く、落ち着いた雰囲気というよりも賑（にぎ）やかな雰囲気だ。

なによりも明るい照明が気持ちを晴れさせる。

誰でも入りやすいような、ごく普通のカフェだろうか。

もしオシャレ感溢（あふ）れるカフェだったらオレは萎縮していた。

「よくここに来るのか？」

「そうだね。友達と来るよ」

対面に座る星宮が微笑を浮かべながら言った。

そして次にオレはテーブルに置かれたパフェに目をやった。

「これ、全部食べるのか？」

「……難しいかも」

あはは……と星宮は苦笑いする。まあ確かにパフェなんだが、サイズがおかしかった。

ちょっとしたバケツくらいの大きさ。ジャンボパフェ、と言っていたか。

切り分けられた果物が凄まじい量でぶっ刺さっているし、チョコレートのお菓子が隙間を埋めるようにして突っ込まれている。見ているだけでお腹がいっぱいになりそうだ。

星宮が『今まで頼んだことなかったかも。ちょっと気になる！』と言って注文した。

「想像以上に大きかったね……。これ、あたし一人じゃ食べきれないかも」

「元々一人で食べることを想定してないんじゃないか？　スプーン二人分用意されたし」

あとジャンボパフェがテーブルの中央に置かれている。

店員さんが二人で食べやすいように配慮したのだろう。

「黒峰くん。よかったら一緒に食べない？」

「わかった。任せてくれ」

断る理由もなく、オレはスプーンを手に取って星宮と一緒にパフェの消化にあたる。

最初は何も意識していなかったのだが、ふと今の状況に気づいてしまった。
……ヤバい、なんかマジの恋人っぽい。男女が一つのパフェを突っつき合うとかー！
星宮も星宮だ。きっと何も考えずに『一緒に食べない？』と言ったに違いない。
なるほど、それがギャルの軽さか……！
……あ、急に緊張してきたぞ。心臓がバクバク鳴り始めた。
オレは一度目を閉じて内なる自分に集中する。
心頭滅却すれば火もまた涼し。
「――――」
カッと目を開いたオレは、黙々とパフェを食べ始める。
そうだ、オレだけが意識しているのだ。
星宮は何も気にせずパフェを堪能してる――――え。
チラッと星宮の顔を見ると、まったく同じタイミングで星宮もオレを見た。
お互いにスプーンを手にしたまま固まってしまう。
そして星宮が――「あ、あはは……」と控えめに照れ笑いを浮かべた。
あぁ、意識していたのはオレだけじゃなかった。
よく見ると星宮の頬が少し赤くなっている。

スプーンを動かす手がぎこちなく、緊張しているのも伝わってきた。

そのことがわかった途端、急に力が抜けて「ははっ」と軽く笑ってしまった。

「く、黒峰くん？　な、なんかあたし……変なことした？」

「いや、何もないよ」

不思議そうにする星宮に、オレはゆっくりと首を横に振るのだった。

これは、私とリクちゃんが中学生の頃の話。

「なんでオレだけ生きてんの？」

あの事故の日から数日後のこと。

何もない空っぽのリビングで、リクちゃんは素朴な疑問を口にするように呟（つぶや）いた。

――なんでオレだけ生きてんの？

その言葉に、今のリクちゃんの全てが込められていた。

声を上げることもなく、泣くこともなく、悲しむこともなく。

ボーッと、何もない虚空（こくう）を見つめていた。

隣に私が居ることも忘れているんだと思う。
感情が抜け落ちた顔をするリクちゃんは、何もないリビングで立ち尽くしていた。
「リクちゃん、行こ？　おばあちゃんたちが待ってるよ？」
「…………」
こちらに顔を向けることすらしてくれない。……そんな余裕が、ないんだよね。
「リクちゃん……」
私はリクちゃんに何をしてあげられるんだろう。
これは私の勝手な考えだけど、幼馴染は家族の次に繋がりの深い存在だと思っている。
とくに私たちはそう。
出会いのきっかけは家が隣り同士だったこと。
小さい頃からいつでも一緒に居た。
お互いの家に行き来し、お風呂にも一緒に入って、同じベッドで一緒に寝て……。
私たちは幼馴染。
この関係は、親戚や友人、将来の恋人よりも、固く固く結ばれた絆。
それが幼馴染。
小さい頃から一緒に育ってきた。ずっと一緒に居るのが当たり前。

だからリクちゃんが悲しんでいるのなら、私も悲しくなる。

どんな時でもそばに寄り添いたい。

「リクちゃん」

「…………」

「私なんかが家族の代わりになるなんて、大層なことは言えないよ。でもね、私たちは幼馴染だから……家族のように寄り添うことはできるんだよ」

「陽乃……？」

今にも消えそうな声だったけど、リクちゃんはゆっくりと首を動かして私を見てくれた。

「なにがあっても、私はリクちゃんのそばに居るから。今までのように、なにがあっても幼馴染としてそばに居るから」

「…………」

「私たちは幼馴染だから、お互いの全てを受け入れることができるはずだよ」

私は、リクちゃんの何も映さない空虚な瞳を見つめ、心を込めて言葉を紡ぐ。

「私たちは幼馴染だから……家族の次に、長く一緒にいた関係だから……」

「…………」

「リクちゃん、私には何も遠慮しないで。辛いときには泣いていいし、甘えたいときには甘えていいの。幼馴染の私が、リクちゃんの全てを受け入れるから」

私にとって幼馴染は、異性だの年齢だの性格だの、そういったものに影響されない、すごく純粋な関係だと考えている。

家族だってそうでしょう？

お父さんお母さんがどんな性格をしていようと、肉親に抱く気持ちの本質は変わらない。

だから私は幼馴染であるリクちゃんのために、できる限りのことをしたい。

リクちゃんがどんな性格だったとしても私には関係ないし、男の子なのか女の子なのかも関係ない。幼馴染、幼馴染、幼馴染……。

大切な幼馴染のそばに居たい。

でも、それは勘違いだった――。

リクちゃんのそばに居たいと願う気持ちは、幼馴染だからではなく。

春風（はるかぜ）陽乃、私自身の気持ちだったんだ――。

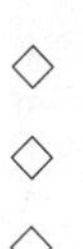

「……リクちゃんと彩奈ちゃん、今日も一緒に帰ってる……」

校舎の陰に隠れていた私は、昇降口から出てきたリクちゃんと彩奈ちゃんを確認する。

息を潜め、校門を通り過ぎる二人の背中をジッと見つめていた。

「……あの二人、どんどん距離が縮まってる気がする」

日を追うごとに二人が親密になっているように見えた。

リクちゃんが何をしているのか、気にならなかった日はない。

僅かに残された理性で自分を抑えていたけど、もう限界……。

「よし、今日こそ行こう」

決意を固めた私は、コソコソと二人を追いかけるのだった。

「むむーっ！　二人……イチャイチャしてる……！　すっごくイチャイチャしてる……！」
二人と一定の距離を保って後をつけていた私は、電柱の後ろから二人を見つめる。
あ、彩奈ちゃん……リクちゃんにお手をさせた！　リクちゃんもノリノリで……！
ううん、それ以前にお互いに気を許したあの雰囲気……。自然に腕とか触れてる。

「ま、まま、毎日……あ、あんなイチャイチャしながら………帰ってるの……？」

ダメだよリクちゃん。そういうの、まだリクちゃんには早いよ。

……ううん、早いとかじゃない。だってリクちゃんは私の――。

「私の……幼馴染？」

あれ？　何かが違う気がした。幼馴染なのは当たり前として――。

ここ最近、私は二人の関係に納得できず、ずっと不貞腐れた毎日を送っていた。

なによりもリクちゃんが『星宮とは何もない』と言ってたのに、休日に彩奈ちゃんと二人で出かけ、彩奈ちゃんを強く抱きしめていた。

リクちゃんが彩奈ちゃんを抱きしめる――その光景がずっと忘れられない。

「リクちゃん、私以外の女の子にも笑うんだ……」

彩奈ちゃんに何かを言われたらしいリクちゃんが少し恥ずかしそうに笑う。

そんなリクちゃんを見て、胸がズキッと痛むのを感じた。

「どうしてこんなにイヤなんだろ……。リクちゃんが楽しそうにしているのは、いいことなのに」

どうしてリクちゃんの隣にいるのは――私じゃないの？

その理由だって本当はわかってる。それは、私がリクちゃんを振ったから。

「で、でも……まだ恋愛感情とかわかんないし……好きじゃない人と付き合うのも……」

私は、もうちょっとだけ時間がほしかった。

リクちゃんから告白されるまで、異性だの恋愛だの、そんなことについて考えたことがなかった。考える暇がなかった。

幼馴染のリクちゃんと一緒に居られるだけで、すべてに満足していたから。

だから、もうちょっとだけ時間がほしかった。

これからも――何があっても幼馴染と一緒に居られると、そう無意識に思い込んでいた。

……それが良くなかったのかな。

「でも私……明確にリクちゃんを振ってないよ……」

異性としてではなく、幼馴染として見ていたと、そう言っただけ。

自分の感情を整理して、考えるだけの時間がほしかったのに。

「……も、もうちょっとだけ二人を……」

私は再び二人の後をつけ始める。コソコソと電柱に隠れながら――。

「イライラする……っ……すっごくイライラする……！」

声に出すほど私は苛立っていた。それはもう無意識のうちに歯を噛みしめるほどに。

カフェから出てきた二人を電柱の後ろから見つめ、叫びそうになるのをグッと堪える。

カフェはガラス張りになっていて、中の様子をある程度見ることができた。

当然私はリクちゃんと彩奈ちゃんのやり取りをバッチリ見ていた。

それも近くから確認するため、カバンで顔を隠しながらカフェ前の道を何度も往復して。

「……………あれ？　なんでこんなにイライラしているんだろ」

歩道を歩く二人の背中を見つめ、一瞬だけ冷静になる。

最近の自分がわからない。ずっとよくわからない感情に翻弄されていた。

「あーもう！　むしゃくしゃする！」

なぜか我慢できないほど腹が立つ。とにかく落ち着かない。

イライラが最高潮に達する。

あまりにも二人の雰囲気が初々しい恋人のそれで、涙が出るくらいイライラしていた。

「なんでこんなに気になるんだろ……」

リクちゃんに言われた通り、幼馴染でしかない関係なのに。

私にとっての幼馴染は、ずっと一緒にいること。

小さい頃から当たり前のように一緒に居る関係。家族だってそう。

家族がそばにいることに疑問がない。幼馴染もそれと同じ……。

「リクちゃんすごく優しい顔してた。あの顔は、私だけに見せてくれる顔だったのに！」

大切な幼馴染が充実した時間を送っている。

それは凄く嬉しいこと。

そのはずなのに、どうして……？

今のリクちゃんを――見たくない。

私以外の女の子と楽しくするリクちゃんはイヤだ‼

「こんな気持ち初めて……あ、そっか」

これまでのリクちゃんは、私以外の女の子と話をすることはなかった。

だからこんな気持ちになる機会がなかったんだ……。

「……あの二人、どこに行くんだろ。あっちは駅だよね？」

そういえば彩奈ちゃんは電車通学――もしかして。

「ちゃんと確かめなくちゃ」

嫌な予感を振り払うため、再び私は二人を追いかけた。

リクちゃんと彩奈ちゃんを追いかけて電車に乗り込む。

数駅先で降りた二人を追いかけ、到着したのは古びた二階建ての木造アパートだった。

「……え？」

二人が同じ部屋に入るのを目撃し、私は何とも間抜けな声を漏らした。

電柱の近くから一歩も動けず、足が痺(しび)れたように動かない。

「………………」

少し時間を置いてからアパートのポストを確認しに行く。

『２０３　星宮』と書かれたポストを目にした。

「やっぱり……一緒に暮らしてるんだ………」

薄々そうじゃないかなーって思ってた。

だって毎朝リクちゃんと同じ通学路を通っていたけど、一度もリクちゃんの姿を見かけなかったから……。それに放課後になると二人で教室から出て行く。

このことも確かめたくて二人の後を追いかけた。

「で、でも……たまたま、今日だけ………」

今日だけリクちゃんは彩奈ちゃんの家に寄ったのかもしれない。

そんな儚く自分に都合の良い可能性を信じて、日が沈むまでリクちゃんが出てくるのを待ち続ける。電柱のそばから一歩も動かず、ジッと彩奈ちゃんの部屋を見続ける。

数時間が経過し、気づけば辺りは暗闇に満ちていた。

スマホで時刻を確認すると、午後9時と表示されている。

それでも私は帰らず、ひたすら彩奈ちゃんの部屋のドアが開かれるのを待っていた。

けれど一向に開かれる気配はない。

スマホには私を心配したお母さんから連絡が来ていた。

「ねえリクちゃん……彩奈ちゃんと同棲してるの？」

彩奈ちゃんの部屋に居るはずのリクちゃんに問いかける。

「こんな時間なのに、二人きり……？　今、二人で何をしてるの？　付き合ってるからって、こんなの……だめだよ」

――――私に好きって、言ってくれたのに。

次の瞬間、ぼわぁと視界が滲む。

熱い何かが目に集中し、それはホロリと頬にこぼれ落ちた。

涙が、溢れていた――。
「あれ？　なんで……涙が？」
手で涙を拭う。
拭っても拭っても、次から次へと涙は溢れてきた。
ダムが決壊したように、一度流れ始めた涙は止まらない。
「…………っ！」
そばに居た存在が霞んでいく。
喪失感。
いつも当たり前にそばに居て、当たり前のように私を認めてくれる。
そんな存在が、遠くに行ってしまった――。
「あ、あぁ……だめっ……だめっ！」
ようやく失ったものを実感する。
リクちゃんは私のそばに居るのが当たり前だった。
そのことに疑いを持つことがなかった。
幼馴染だから、ずっと一緒に居るんだと……。
そう無意識に思い込んでいたから、何も考えていなかった。

幼馴染だから一緒に居る――そうじゃない。

「私が、私自身が、リクちゃんと一緒に居たい」

彩奈ちゃんと仲良くするリクちゃんを見て、ようやく気づかされる。

――私だけが、彼の特別な存在でありたい。

「私……リクちゃんが好きだったんだ……」

大切な人がそばに居る、そのことを当たり前のように思い過ぎていた。

ううん、知識としては知っていた。リクちゃんがまさにそうだった。

リクちゃんは唐突に家族を失った。

だからこそ、家族と同等の存在の幼馴染――私をつねに気にかけていた。

ある日突然、大切な人がいなくなることがあると、リクちゃんは知っているから――。

「なに、勘違いしてたんだろ…………私」

幼馴染とか、関係なかった。

大切な人が離れて、ようやく自分の気持ちに気づく。

私がイライラするのは当然だよね……。

好きな人が、自分以外の女の子と仲良くしているんだから……‼

「もう……遅いじゃん……。今さら気づいても……遅いじゃん……！」

後悔に沈む。でも、その感情が少しづつ怒りに変わっていくのが自分でもわかった。

「リクちゃんも……おかしくない？　私に好きって言ってから……すぐ彩奈ちゃんに告白したの？　は、早すぎるよ。も、もう少し……待ってくれても良かったじゃん……っ！

そしたら私……気づいたのに……っ！」

ここ数日間のリクちゃんを思い出す。たまに私を見つめていたよね……。

「……今も、私のことを……好きでいてくれてるのかな？」

今もリクちゃんが私を気にかけるってことは、つまり――。

私は顔を上げ、彩奈ちゃんの部屋をジッと見つめる。

「まだ、間に合う……？」

◇◇◇

見るからに柔らかそうなピンク色の生地には、一輪の花を咲かせるがごとく小さなリボンが添えられている。全体的な形としては逆三角形。普段あまり目にしないものでありながら、ごくまれにスカートがめくれた際に目にすることができる女性のパンツ――。

「って、なにじっくり見てんのぉおおおお！」

スパーン、頭を叩かれる。自分の頭ながら、随分と小気味よい音が鳴った……。

「ちょっと黒峰くん！　本気で叩くよ！」

「もう叩いてるという安直なツッコミしてもいいか？」

「次はこの程度じゃないから！」

「……ごめんなさい」

歯を剝く勢いで怒られ、オレは素直に頭を下げた。

いや、これは事故だ。意図的に見たのではない。

星宮と家に帰った後、とくに何かをするわけでもなくダラダラと二人で過ごしていた。

そして午後9時を回った頃だろう。外から雨の降り出す音が聞こえたのだ。

ベランダに干しっぱなしの服に気づいたオレは慌てて回収し、この右手には一枚のパンツが握られていたわけだ。

「早く返してよ、もう！」

ブチギレた星宮から強引にパンツをもぎ取られた……。

「聞いてくれ星宮」

「……なに？」

　じろりと睨まれる。ひぃっ！

「だ、男女が共に暮らしていく以上、こういった事故が起きるのは必然だと思う」

「だとしてもじっくり見る必要はないよね？」

「…………」

「なんで黙るのかなぁ⁉　これだから男の子は……！」

「そんなことを言い始めたらさ、星宮もオレのパンツをじっくり見てたじゃん」

「そ、それは……洗濯したり、アイロンがけとかで……」

「引っ張ったり伸ばしたりして遊んでたよな？」

「…………」

「なんで黙るんだよ」

　オレの視線から身を守るように、星宮はうつむいて自分のパンツを両手で握りしめる。

「星宮？」

「い、いいじゃん別に。そっちは男なんだし」

「男女差別じゃないか」

「で、でも！　黒峰くんは自分のパンツをあたしに触られても気にしないでしょ？」

「いや普通に恥ずかしかったけど？」

「え？」

「でもまあ星宮が普通にしてるし、オレも気にする必要はないかなぁと思ってたんだよ」

「そ、そうだったんだ……。その、あれだね。これからは、こういうことも含めて、もっと色々話し合ったほうがいいかもね」

星宮の言う通りだった。オレたちは共に暮らす上で役割やルールを決めていたが、今回みたいな性を意識させる話は避けていた。

お互いに遠慮していたのもあるが、この生活に慣れてきたせいもあって、ちょっと油断していたかもしれない。オレが星宮の下着をガッツリ触るのは初めてのことだ。

「そういえばオレ、いつまでここに居たらいいんだ？」

そんなことも決めていなかったことを思い出す。

「ストーカー次第、だよね。……やっぱり、あたしと一緒に生活するの……イヤ？」

「…………」

「黒峰くん？」

イヤって言われたら悲しいなぁ——そんな思いが伝わってくるくらいの不安そうな表情を星宮はしていた。……どう答えたらいいんだろう。

オレとしては今の生活をずっと続けたい。そう思っている。

けれど星宮はどうなんだろう。オレと生活することにイヤそうな素振りは一切見せないが、本当のところはまだわからない。

それに星宮が誰を好きなのかも判明してない。恋愛感情なのかもわかってないようだった。まあ、好きな相手はオレっぽい感じもする。カナも言ってたし。

けど本人から確認を取るまでは決めつけない方がいい。

これでもし星宮の気になる人が──『えー？　あたしが気になってる人ー？　隣のクラスのー、堀川くん！　イケメンでー、サッカー部のエースっていうのがいいよねー』

…………。

サッカーしてるイケメン滅べばいいのに。いやカッコいいのはわかるけどさ。

あと堀川というのはオレの想像上の男だ。

「あたしと生活するの、イヤだったら言ってね。黒峰くんを縛り付けたくないから……」

「イヤじゃないよ、ここで暮らすの」

「ほんとに？」

「ああ。美味しいご飯出てくるし、星宮優しいし」

「ペットだよ。その発言レベル、ペットそのものだよ」

「……冗談だって。星宮と暮らすの、結構楽しいよ」

「そ、そっかそっか……。あたしと暮らすの、楽しいんだ…………へへ」

思わずといった感じで星宮は嬉しそうな笑みをこぼす。か、可愛いな……。

星宮を見て胸の高鳴りを感じていると、ズボンのポケットに入れていたスマホから着信音が鳴った。取り出して画面を確認する。陽乃の母親からだ。

一体どうしたんだろう。陽乃の母親から電話が来るのはかなり珍しいことだ。

不思議に思いながら応答ボタンをタップする。

「……はい、どうされましたか？」

「リクくん？　そっちに陽乃、居ない？」

「陽乃ですか？　今オレ、家に居なくて……。陽乃は近くに居ないですよ」

「そう……。陽乃、まだ帰ってきてないのよ。連絡もないし……」

「もうすぐ10時ですよ？　まだ帰ってないって……」

「陽乃の友達にも連絡してるんだけど、誰も知らないらしいの。リクくんも知らないなんて……どこに行ったのかしら」

緊張感が高まっていく。何かの事件に巻き込まれたのでは——。

そう考えるだけで血が凍るような思いになる。

「ありがとリクくん。今から警察に相談しに行くわ」

「はい……」

電話を終えてもオレの心はざわついていた。心配でたまらない。最近陽乃とは全く話をしていなかった。だからこそ余計に何をしているのか気になってしまう。

基本的にオレは陽乃がそばに居てくれないと不安になるのだ。

最近は星宮との生活が充実していて、そのような不安を感じることはなかったが――。

「どうしたの？」

「陽乃が、まだ家に帰ってないそうなんだ。友達のところにも居ないらしい」

「うそ……。だって外、結構強めの雨降ってるよ」

「……ごめん、ちょっと出てくる」

「春風さんを探しに行くの？」

「オレ一人が走り回ったところで見つからないと思うけど……行ってくる」

「わかった。本当は止めるべきなんだろうけど……玄関の傘、使っていいから。気をつけてね」

オレは「ありがとう」と言い、急ぎ足で玄関に向かう。

傘を手に取り、ドアを開け放って外に飛び出した。

外は思ったよりも暗く、雨の強さを視認するのは難しい。

しかし自転車置き場の屋根を激しく打つ雨音が響いていることから、かなりの強さであることがわかる。直接肌に当たれば痛そうなくらいだ。

「こんな雨だ。さすがに外には居ないと思うけど……」

どこかの店に居るのか、それとも母親の知らない友達の家に居るのか。

最悪の展開として、何かの事件に巻き込まれたのか――。

「……ッ！」

嫌な考えを拭いきれない。もし、もし……陽乃に何かあったら……！

オレは飛び降りる勢いでアパートの階段を下りる。

傘を差し、足が濡れることも気にせず走り出した。

靴は濡れて靴下まで水が染み込んでくる。……そんなことはどうでもいい。

まずは電車に乗って陽乃の家の近くまで行こう。

それから心当たりのある場所を順番に探して――。

「……え？」

水溜りを踏み飛ばし、道路の脇を走っていたときだ。不思議な光景を目にする。

電柱の下に、誰かが座っていた。膝を抱えて体を小さくするように座っている。

明かりが乏しいのではっきりとは見えないが、雰囲気からして女性っぽい。

けど、その存在感はとても希薄で『幽霊じゃね？』と思わせるほどだった。

こんな雨が降る夜に一人で座り込むなんて尋常ではない。

普段のオレなら話しかけるくらいはしただろうが、今は陽乃を優先する。

足を止めず走り続け、その人物を横目で確認し——足を絡(から)めて転びそうになった。

「は、陽乃⁉」

「…………リク、ちゃん？」

電柱の下に座り込み、無防備に雨に晒(さら)されていた人は——オレの幼馴染(おさななじみ)だった。

当然ながら全身はずぶ濡れ。髪の毛は頭にベッタリとくっつき、水を含んだ制服は重そうに見える。何よりも、その瞳だ。

キラキラと明るく光っていたはずの瞳は、濁ったガラス玉のようにどんよりと曇っていた。死人だ。生きている人間がする目ではない。

「陽乃……。なに……してるんだよ！　ここで、なにしてるんだよ！」

「……なに、してるんだろうね……」

「陽乃！」

陽乃の前に跪(ひざまず)いたオレは、陽乃の両肩を強く摑(つか)んだ。

とても冷たく、微かに震えていた。

これはまずいと思い、傘を陽乃の頭上にやる。

オレの体には散弾銃のような雨が降り注ぐ。

顔が引きつるほどの痛みが襲ってくるが、そんなことを気にしていられない。

「……リクちゃん、濡れてるよ？」

「いいんだよオレは！　陽乃こそ……ここで何してるんだよ！」

「私は………何してるんだろうね……」

「なにかあったのか⁉」

「……あったと言えば……そうなのかな……」

「……陽乃？」

オレをじっくりと見つめた陽乃は、青紫色に染まった唇で言葉を紡ぎ始める。

「今日ね、色んなことに気づいて……色んなことを考えたの……」

「わかった、わかったから……今は屋根のある場所に――」

「リクちゃん、幸せ？」

「……え？」

「彩奈ちゃんと一緒に居て……幸せ？」

「ど、どういう意味だよ」

本当に意味がわからなかった。その質問の意味も、意図も。

わからないことだらけだ。

「……最初はね、リクちゃんが……まだ私を好きでいるなら、て思ったんだけど……。それって、リクちゃんの意思を無視してるよね……」

「何が――」

「酷いこと、言ってごめんね……。異性として見てないなんて……酷いよね……。もし私が、リクちゃんの立場だったら……死んじゃってたかも……」

「――――ッ」

なんて力がなく、実感の込もった言葉だろう。

陽乃の目から流れる雫は、額から垂れた雨なのか、涙なのか。

「……もし、彩奈ちゃんと一緒に居て幸せなら……もう私のことなんて……忘れて、いいからね…………」

儚い声でそう言うと、陽乃はゆっくりと瞼を閉ざしていく。

次の瞬間――意識が途絶えるようにして力なく項垂れた。

「……陽乃？　しっかりしろ！　陽乃！」

「…………」

陽乃が返事をすることはなく──。

傘を打ち鳴らす雨音だけが響いていた。

陽乃を担いだオレは星宮のアパートまで全力疾走する。

傘を置き去りにしてしまったが、持ち帰る余裕が今のオレにはなかった。

「星宮！　陽乃が、陽乃が……！」

「ど、どうしたの──春風さん⁉」

全身ずぶ濡れで玄関に現れたオレたちを見て、星宮は驚いたように声を上げた。

「陽乃がアパートの近くに居たんだ！　それで……雨の中、座り込んでいて！」

「黒峰くん、落ち着いて。今は春風さんの体を温めないと。タオル持ってくるね」

「ああ！　頼む！」

洗面所に駆け込む星宮を見届けたオレは、陽乃を廊下に座らせて壁に寄りかからせる。

「陽乃、大丈夫か⁉」

「…………んぅ？」

陽乃の瞼がボンヤリと開かれる。状況の把握ができないのか、ボーッと視線を彷徨わせていた。それでも意識を取り戻してくれたことに安堵する。

「よかった！　もう目を覚まさないかと……！」

「……ここは？」

「星宮の家だ」

「……彩奈ちゃんの、家？」

「バスタオル持ってきたよ——あ、気づいたんだね春風さん」

「……彩奈ちゃん……」

「まずはお風呂に入った方がいいかも。そのままじゃ風邪ひいちゃう」

「そ、そうだな！　陽乃、服を脱がせるぞ！」

「——え？」

このままでは陽乃が風邪をひくかもしれない。

風邪だって恐ろしい病気、早く何とかしないと——！

オレは陽乃が着ている制服に手をかけ、急いでボタンを外していく。

「く、黒峰くん⁉　なにしてんの！」

「リ、リクちゃんのえっち！」

…………え？

二人の慌てた声を耳にし、今、自分が何をしているのか理解する。

すでにシャツのボタンをいくつか外し、陽乃の胸元をさらけ出していた――――。

「さいってー！　黒峰くん、さいってー！　弱った女の子に、ここぞとばかりに……！」

「ち、違うっての！　星宮がお風呂って言ったから！」

「言ったけどさ、ここで脱がす必要ないでしょ！　ていうか、黒峰くんが脱がす必要がないでしょ！」

「いや、その、服が濡れてるから早く脱がしたほうが……あれ……？」

もう自分で何を言って、何に焦っているのかわからなくなっていた。

「……リクちゃん、テンパり過ぎだよぉ……」

「……ごめん」

「昔から……そうだったよね。私が少し体調を崩しただけで……泣きそうになりながら変な行動するだもん……」

「……ごめんなさい」

謝ることしかできなかった。オレには陽乃しか居ない。

言い訳になるかもしれないが、家族を失った恐怖が忘れられないのだ。

今度は陽乃まで……といった感じで。

「春風さん立てる？」

「……うん。ちょっとふらつくけど」

「あ、オレが肩を貸すよ」

「黒峰くんは部屋で待ってて。これ、命令ね」

「待ってくれ星宮。陽乃はオレが――」

「待機！」

「オレも――」

「おすわり！」

「………はい」

まるで飼い主にしかられた犬のように、オレはしょんぼりしながらその場で正座した。

今の星宮には凄みがあった。なんていうか、頼もしい。

それに悔しいがプチパニックになっている今のオレでは陽乃を助けることはできない。

……ここは星宮に任せよう。

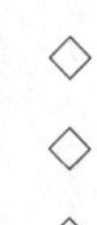

星宮の言いつけ通り、オレは部屋で大人しく待機していた。

タオルで頭と体を拭き、部屋着に着替えてからテーブルのそばに腰を下ろしている。

星宮と陽乃だが、どうも一緒に風呂に入っているらしい。

「明日の朝……迎えに来る、か」

さきほど陽乃の親に電話し、事情を説明した。

オレが星宮の家に泊まっていること。陽乃がアパートの近くで座り込んでいたことなど。

陽乃の母親から『すぐ迎えに行く』と言われたが、オレは『待ってください』と反射的に言ってしまった。今の陽乃から離れたくないというオレの願望でもあり、そして、オレたちだけで話し合いが必要だと思ったのだ。

流石(さすが)に陽乃の母親は渋っていたが、最後には納得してくれた。

この状況だけに、何かを感じ取ってくれたらしい。

星宮の家に陽乃を泊めることになった。

「あの二人の意思、確認してないな」

まあ今の時間帯を考えると、陽乃には泊まってもらうのが現実的かもしれない。たぶん星宮も納得するだろう。

女子たちによる楽しげな会話が洗面所の方から聞こえて来た。風呂から上がったようだ。

「リクちゃんてね、犬っぽいところがあるんだよ」

「あ、わかるかも。お手したりおすわりしたり……」

「ちゃんとご褒美あげてる？　あげないとリクちゃん拗ねちゃうよ」

「あちゃー、忘れてた。今度ご褒美用のおやつ買ってこないと」

……………オレを人間として尊重してください、お願いします。

「ふぅ、さっぱりした～」

心地よさそうな声を漏らしながら星宮が部屋に入ってくる。

湯上がりで火照った顔に、ポニテが解かれた長い髪の毛……。

ピンク色のパジャマはいつもと変わらない。

ギャルモードが完全に解除されて自然体な美少女に戻っている。

「リクちゃん。服、ありがと」

星宮の後ろから現れた陽乃は、オレのジャージを着ていた。

サイズが合ってないので袖から手が出てないし、全体的にダボダボ。

その雰囲気が、良い。

「陽乃、体調は大丈夫なのか？」

「うん。少し頭がボーッとするけど……しんどいってほどではないかな」

「そっか……。無理するなよ」

「うん」

「少しでも具合が悪くなったら、すぐに言うんだぞ？」

「うん」

「本当に大丈夫か？　無理してないな？」

「しつこいよリクちゃん……」

呆れがちに言われてしまった。陽乃の横にいる星宮も呆れたような表情を浮かべている。

「黒峰くんは本当に春風さんが好きなんだねー」

「いや……そうはっきり言われると……なんかなぁ……」

否定できず、照れ隠しで頭を掻いてしまう。

「あ、そうだ。お母さんに連絡しないと……きっと心配してる」

「オレが電話しといたぞ。陽乃をここに泊めることにしたから」

「……一方的だね、リクちゃん」

「せめて部屋主のあたしに一言入れて欲しかったなぁ」

女子勢から非難される。普通に怒られてしまった。

だとしても、今の陽乃を家に帰すのは少し違う気がする。

なぜあそこに居たのか、聞いてないのだから……。

「じゃあ今日は千春さんの部屋に泊めてもらおっかな。二人はあたしの部屋で寝ていいよ」

「いいのか？」

「ん、いいよ。二人には積もる話もあるだろうし。あたしはお邪魔でしょ」

邪魔とまでは思わないが、陽乃と二人きりで落ち着いて話をしたいのが本音だった。

すると星宮が近づいてきてオレに耳打ちする。

「がんばってね」

「……え？」

星宮は意味ありげな……いや、無理したような微笑みを浮かべた。

「じゃ、あとは二人でね」

こちらに軽く手を振り、星宮は部屋から出ていく。

玄関のドアが開かれ、閉じる音が響いてきた。

「「…………」」

　部屋に残されたオレと陽乃は口を開けないでいた。

　お互いに視線を逸らし、壁やら床やら天井を見つめる。

「えーと。私からもお母さんに電話しておくね」

「あ、あぁ、そうだな」

　スマホを手に取り、陽乃は電話を始める。

　聞こえてくる会話の内容からして、どうやら陽乃は怒られているようだった。

　目の前にお母さんが居るかのように、申し訳なさそうにして何度も頭を下げている。

「あはは……すっごい怒られちゃった」

　電話を終えた陽乃が苦笑をこぼす。

「そりゃそうだろ。陽乃のお母さん、警察に相談しに行ってんだろ？」

「うん、捜索する寸前だったみたい……。私、色んな人に迷惑かけてるね」

「……自分を責める必要はない、と思う」

「迷惑をかけたのは事実でしょ？」

「迷惑じゃなく、心配をかけたんだ」

「そっか……」

「陽乃、どうしてあんな場所に居たんだ」

オレは陽乃の目を見つめ、直球に尋ねる。

「二人の後を……追いかけていたの」

やっぱりそうか。それしかない。問題は、なぜ追いかけたのか。

「どうして？」

「彩奈ちゃんと仲良くしてるリクちゃんを見ていると……すっごくイライラしたから」

「い、イライラって……」

「最初はどうしてイライラするのかわからなかったし、イライラしている自分にも気づかなかった。でもね、今はもうわかるよ」

そう言いながら陽乃は、距離を詰めてくる。

座り込むオレの前に腰を下ろし、はっきりとその言葉を口にした。

「私……リクちゃんが好き」

「えっ」

「幼馴染(おさななじみ)って意味じゃないよ。異性として……リクちゃんが好きなの」

――私……リクちゃんが好き。

――幼馴染って意味じゃないよ。異性として……リクちゃんが好きなの。

陽乃の言葉が頭の中で何度も繰り返される。

オレは驚くことなく、喜ぶこともなく、呆気(あっけ)に取られていた。

「…………」

沈黙が支配する星宮の部屋において、雨の降る音だけが聞こえてくる。

オレと陽乃の二人しか居ない空間。

言葉の意味を理解するも、オレは考えがまとまらず何も喋(しゃべ)ることができなかった。

「いきなり言われても困るよね。だって今のリクちゃんは彩奈ちゃんと付き合っているんだから」

「付き合って……ないよ」

「ウソ言わなくていいよ。リクちゃんが付き合ってるって言ったんだよ？　それに二人で暮らしていて……それで付き合ってないのは無理があるかな」

言われてみればそうなんだが、本当に付き合ってない。これには複雑な事情がある。

そのことをどう説明しようか考えるが、陽乃に先手を打たれた。

「リクちゃんが好き」

「……っ」

「リクちゃんが私以外の女の子と仲良くする姿を見て、ようやく気づいたの。すっごくイライラした。もうね、泣いちゃうくらいイライラした」

「…………」

「以前の私はね、リクちゃんが気になるのは幼馴染だからって思ってた。昔から一緒に居て……これからも一緒に居るんだと、当たり前のように、無意識に思っていたの」

「オレも……そう思ってた」

「やっぱりリクちゃんもそうだったんだね。でも私は……わかってなかった。異性とか関係なく、幼馴染だからリクちゃんのそばに居たいと……そう思っていたの」

そこまで喋った陽乃は、さらに言葉を続ける。

「幼馴染だから気になるんじゃなくて、リクちゃんだから気になってたの」

「それって……」

「うん。異性として、リクちゃんが好きです」

陽乃はオレの目を真っすぐ見つめ、何度目かの『好き』をぶつけてきた。

これが現実なのか分からない。

ひょっとしたら夢でも見ているのか？　なんて思ってしまう。

「その、オレと星宮が仲良くしている姿を見て、陽乃は好意を自覚したってこと？」

「……うん。リクちゃんと彩奈ちゃんが仲良くしてる姿を見て――ううん、それはきっかけだったの」

「きっかけ？」

「リクちゃんが彩奈ちゃんの家に入るのを見て、ようやくわかったの。リクちゃんが遠いところに行っちゃったって……。そばにいなくなってから、好きっていうのがわかったの」

「そう、だったんだ……」

オレは陽乃に同調する。確かに、そう……失ってから気づくものは存在する。

それは物体ではない。目に見えない感情という人間の心に宿るものだ。

大切な人がそばにいるのは当たり前。

そんな日常を送る人間が、ある日突然、大切な人が居なくなる日常を想像できるだろうか？　絶対にできない。

仮に想像したとしても、そのときに湧き上がる感情はやはり想像の域を超えない。

「リクちゃんも……少し悪いと思うな」

「え、なんでオレが」

「だってリクちゃん、私以外の女の子に見向きもしなかったじゃん。そんなの……わかんないよ。ずっと私たちだけの世界で生きてきたんだから……」

「そうだけど……」

「私は、好きという感情を知る前から、リクちゃんのことが好きだったんだと思う」

「――っ」

息を呑んでしまう。それほど陽乃の言葉は事実を語るように冷静だった。

「失ってから気づくなんて……もう遅いね」

「陽乃……」

「リクちゃんのこと、いつから好きだったのかはわからないよ？　小学一年生の頃には、一緒にお風呂に入って、一緒に寝ていたし」

「そう、だったな」

「自分でも上手く言えないけど、リクちゃんを好きでいるのが普通だったの。だから自覚する暇がなかったのかな……。それにリクちゃんは他の女の子と話もしないから、やきもちを妬くタイミングもなかったし……」

まるで言い訳するように口をゴニョゴニョとさせる陽乃。

かつてのオレは陽乃以外に何も要らなかった。陽乃以外の女性に興味がなかったのだ。

「私って酷いよね。リクちゃんを傷つけた挙げ句に、彼女さんの部屋でこんな話をするなんて……」

自分を責めているらしい。よく見ると目が充血していた。

「本当はね、なにがなんでもリクちゃんのそばに居たいし、私だけがリクちゃんの特別な存在になりたい。彩奈ちゃんに……リクちゃんを取られたくない……！」

「…………」

「けど、もう付き合っているなら……リクちゃんが彩奈ちゃんを選んだのなら……我慢するしかないよね……」

明らかに無理していた。

伏し目がちに床を見つめ、右手で自分の左腕を強く握りしめている。

「陽乃、オレと星宮は付き合っていないんだ」

「まだウソをつくの？　もしかして仕返し？　私に振られたから？」

「違う。オレは本当に星宮と付き合ってない」

「じゃあどうして彩奈ちゃんの家に泊まってるの？」

「は、話せば……長くなる」

「話して」

陽乃に真っ直ぐ見つめられたオレは迷った末に話すことにする。陽乃に振られた日、自殺するために山に行ったこと。途中でコンビニに寄り、そこで強盗に襲われている星宮を助けたこと。星宮に自殺しないでと泣かれたこと。星宮の家に泊まったこと。星宮の名誉を守るために、星宮に告白したと教室でウソをついたこと。そして星宮がストーカーの被害に遭っており、助けを求められたこと……。

全て、全て聞かせた。

「…………」

陽乃はうつむき、完全に口を閉ざしていた。

オレが自殺を考えていたという話を聞いた時点で、陽乃は顔を歪め、泣きそうになっていた。今は頭の中で色々と整理しているに違いない。

「陽乃。オレの自殺のことは気にしなくていいよ。もう終わったことだから……」

そう言ってみせるが、陽乃は小さく「……気にするよ」と呟いた。

「え？」

「き……気にするよ！　気にするに決まってるよ！」

陽乃は勢いよく立ち上がり、血を吐きそうな迫力で叫んだ。

「陽乃、声が大きい……っ」

「リクちゃんが一人ぼっちになったとき、私は思ったんだよ!? リクちゃんのために何をしてあげられるのかなーって！　どうやったらリクちゃんの心を癒やしてあげられるのか……。なのに、その私が……リクちゃんを追い込んだ！　そんなの……気にするよ！」

感情任せに最後まで叫んだ陽乃の目には、涙が浮かんでいた。

次々と溢れた涙は、頬を伝って顎先にまで流れていく。

こうして陽乃の涙を見たのは……初めてかもしれない。

「もしリクちゃんが許してくれたとしても……私は私を許せないよ……！」

「そのー、結果を見ればオレは生きているわけだし、な？」

「関係ない！　彩奈ちゃんが居なければ……リクちゃん、死んじゃってたじゃん！　私がリクちゃんを殺していたんだよ！」

「お、落ち着けって！」

どんどん興奮が高まっていく陽乃。オレも立ち上がり、何とか慰めようとする。

「もうやだ！　私が……私が死ねばよかったんだ！」

「陽乃！」

泣き狂う幼馴染を前にしたオレは、衝動的に力強く抱きしめた。

腕の中で陽乃はジタバタと暴れていたが、少しづつ正気を取り戻す。

「…………リクちゃん？」

「死ぬとか、言わないでくれ」

今、自殺をしなくて本当に良かったと……心の底から思った。

もしオレが死んでいたら、間違いなく陽乃は後を追いかけていた。

「好きな人に死なれたら、この先どんな顔をして生きればいいんだよ」

「……リクちゃんも……人のこと、言えないじゃん」

「それもそうだな。けど、それだけオレは陽乃のことが好きだったんだ」

「……私も、リクちゃんが好きだよ。私の人生の大半は、リクちゃんと過ごした日々なんだから……」

「「…………」」

騒ぎから一転、とても静かな時間が流れる。

オレに抱きしめられている陽乃は、熱っぽい瞳でオレの顔を見つめる。

「リクちゃん……」

「陽乃……」

名前の呼び合いが合図だったのか。

陽乃は目を閉じ、軽く顎を上げた。

何を求めているのか、直感で理解する。

オレは唇を重ねようと、顔を近づけ——。

——黒峰くん。

「……星宮？」

「え？」

唇が合わさる寸前、オレの動きが止まってしまう。目を開いた陽乃は戸惑っていた。

「あ、いや……なんだろ、星宮を思い出して……あれ？」

「そっか……やっぱり、そうなんだ」

「ち、違うんだ。これは……なんだろ……ごめん」

何をどう言い繕っても、今のオレは最低極まりなかった。

そのことを理解し、何も言えなくなる。

雰囲気をぶち壊す今の発言。陽乃からどんな罵りを受けるのか。

しかし、陽乃は全てを包み込むような、慈愛の笑みを浮かべていた。

「いいんだよ、リクちゃん」

「……陽乃？」

「彩奈ちゃんのことも好きになったんでしょ？」

「……うん」

「私はリクちゃんが好き。ものすごく好きで、私の人生の殆どはリクちゃんに占められている。だから……やっぱりリクちゃんに幸せになってもらうのが一番なの」

「えと……つまり？」

「リクちゃんが彩奈ちゃんを選ぶなら……受け入れるよ」

「…………」

「もちろん二人が仲良くしていたらイライラするし、思いっきり嫉妬するけどね」

陽乃は「私、独占欲が強い女の子だから」と言葉を重ねた。

「オレは……」

「今すぐ答えを出す必要はないよ。まだ彩奈ちゃんの家に泊まるんでしょ？　一緒に暮らしていく内に……ねえリクちゃん、同じ部屋で暮らす必要あるの？　犬小屋で良くない？」

「なんで犬小屋なんだよ。人間虐待じゃないか」

「だって……リクちゃんが他の女の子と居るなんて嫌なんだもん」

陽乃がオレの胸に指先でのの字を書く。拗ねた幼馴染が可愛い。

だとしても犬小屋を提案するのはおかしい。

「私、これからは何度もやきもちを妬くと思う。想像しただけで嫌になるの」

「なんの想像？」

「リクちゃんが、私以外の女の子と話をしている姿」

自分で言うだけあって、本当に独占欲が強い。話をするだけでも嫌なのか。

「今まで想像もしたことなかったのにね。だけど、それでもリクちゃんの幸せを一番に考えているから……」

陽乃は嫉妬に駆られながらもオレのことを考えてくれている。

「もう一度確認するけど、リクちゃんは彩奈ちゃんと付き合ってないんだよね？」

「……うん」

「でも彩奈ちゃんのことが好きだと……」

「そう、なるかな……」

星宮はオレの命を救ってくれた恩人。

陽乃はオレの人生を支えてくれた恩人。

……どちらを選ぶとか、できる気がしない。

というより、自分が女の子を選ぶような偉い立場に居るとは思えない。

「リクちゃんが答えを出すまで……私、待ってるから」

「でも嫉妬はするんだろ？」

「そうだね」

即答する陽乃。答えは待つけど独占欲も健在……。ある意味器用な心の持ちようだ。

けどまあ、こうしてお互いに本音をぶつけ合い、わだかまりはとけた気がする。

一歩前進した、と言うのだろうか。

「もしリクちゃんが彩奈ちゃんを選んでも恨みはしないから……。ムッとするし、泣くだろうけど。あと毎日暴れるくらい嫉妬すると思う」

……それ、間接的な脅しじゃね？　怖いよ。

「……二人、付き合っちゃうのかなぁ」
千春さんの部屋に移動したあたしは、黒峰くんと春風さんは仲直りするだろうと確信していた。詳しい話は聞いていないけど、春風さんが何を思ってアパートの近くに居たのかは想像できる。というのも春風さんが黒峰くんを気にかけているのを知っていた。
もちろん黒峰くんが春風さんを気にかけていることも……。

まず間違いなく、二人に話し合いの場を設けたら距離は縮まる。

それがわかっていたから、あたしは自分の家から去った。

「――ッ！」

ズキッと謎の痛みが胸を襲う。なんでだろ。

黒峰くんと春風さんを二人きりにするとき、すごくイヤな感じがした。

……ううん、以前から薄々わかり始めていた。

わかり始めていたけど、これは叶わない思いだと頭のどこかで知っていたから、知らないふりをしていた。

「………はぁ」

ため息をついたあたしは、千春さんの部屋を見回す。

足の踏み場所にも困るほど散らかっていた。ゴミ袋や変なオブジェクトが転がっている。

あたしは部屋の隅っこで体育座りすることを余儀なくされていた。

ちなみに千春さんは何本もの缶ビールに囲まれながら布団でグースカ寝ている。

「黒峰くんと春風さんが付き合う……それが一番だよ。あの二人、お似合いだし……。そもそもあたしなんて――」

これまでの黒峰くんとの生活を思い出す。

ようやく今の生活に慣れてきて、これから——という感じだった。

それも、今日で終わる。

いくらストーカーで悩んでいるとはいえ、彼女がいる男の子を家に泊めるのはよくない。

歯を食いしばって、必死に涙をこらえる。

「う……うぅっ…………これで、よかったんだよ…………っ」

もう自分の感情を誤魔化すのは無理かな。

——あたしも、黒峰くんが好き。

自分の初恋を自覚してすぐ、失恋したこともわかった。

三章　転機

「黒峰くん、今までありがとね。その、もういいよ……この家に居てくれるの」

「な、なに言ってんだよ。だってストーカーはまだ……」

「この三週間、一度もストーカー現れなかったでしょ？　あたしの勘違いだったみたい」

陽乃との一件が解決して二日後。土曜日の朝。なにやら改まった星宮に変な雰囲気を感じていると、何の脈絡もなく切り出された。

いや、最近の星宮はどこか上の空だったり、何かを考えている様子を見せていた。

オレよりも遅く起きたり皿を落として割ったり……。

不調なのかなーと心配していたところに、これだ。

「……本当にストーカーいるかもしれないだろ？　もうちょっと様子を見た方がいいんじゃないか？」

「いつまで様子を見るの？　ずっと？　高校卒業するまで？」

「それは……星宮の両親が帰ってくるまで……とか？」

「いつになるかわかんないよ？」

「…………」

オレが何かをやらかしてしまったのだろうか。

ちょっと前までは――具体的には、陽乃がこの家に来るまでの星宮は、オレとの生活を楽しんでいるような雰囲気があった。

でも今はオレを拒絶しようとしている。この星宮の変化を理解できない。

「あれ……星宮の両親、一年後には帰って来るんじゃないのか？」

「あ、あー……うん。そうだったね」

随分とあやふやだな。両親のことが好きな星宮にしては珍しい反応な気がする。

「ともかく、もう少しこの家に居るよ」

「よくないよ、それは。もう黒峰くんは自分の家に帰るべきだと思う」

「なんでオレを家に帰そうとするんだ？　この前までは、いつまでも居ていいみたいな空気だったじゃないか」

「…………」

「星宮？」

「れ、冷静に考えたらね、よくない状況かなーって。付き合ってもない男女が、一つ屋根の下で暮らすのは…………」

「今さらだと思うんだが……」

「あーもう！　いいってあたしが言ってるの！　ストーカーがいないんだったら、黒峰くんがこの家に居る必要もないでしょ！」

「――――」

珍しく星宮が感情をむき出しにして声を荒らげた。少しビビる。

「ストーカーがいないかどうか、まだわからないじゃないか」

「い、一度も……現れなかったのが確証になるよ。そもそもあたし、ストーカーされるほど魅力あると思えないし……」

「め、めんどくさい過小評価だな……。ストーカーがいないと確信できない限り、オレはこの家に残る」

「……どうしてそこまであたしを気にかけてくれるの？」

「心配だから」

「……そ、そっか……。でもね、春風さんのことはいいの？」

「陽乃？　今、陽乃は関係ないだろ？」

「この間……仲直り、したんでしょ？　じゃあ……付き合うのかな……って思って……」

星宮の声が尻すぼみになっていくが、なんとか最後まで聞き取ることができた。

……なるほど、そういうことか。星宮は、オレと陽乃に気を遣っている。

「言っておくけど、オレと陽乃は付き合ってないぞ」

「……付き合って、ないの？　両想いなのに？」

陽乃と何を話したのか、星宮には説明していない。

それでもオレと陽乃が両想いなのはわかっているらしい。

「あー……まあ、付き合ってない…………」

「どうして？」

星宮が目を見つめて尋ねてくるが、どう答えたらいいかわからなかった。

オレと陽乃が付き合わなかった理由。

それは——黒峰リクは、星宮彩奈のことも好きだから——。

…………そんなこと言えねぇよー。

「あたしのため？」

「え？」

「あたしのために春風さんと付き合わないで……この家に残ってくれてるんじゃないの？」

「んー、ちょっと違う」

「じゃあどうして？　黒峰くんの好きな人は春風さんでしょ？　なら他の女の子のところにいたらダメだと思う……」

「純粋に、星宮が心配なんだ」

「……ひょっとして黒峰くん……あたしのこと、す、す……好き、なの？」

「えっ⁉」

　赤面しながら唇を震わせて言う星宮。

　驚いたオレは目を見開いてしまう。予想していなかった返しだ。

「あたしのこと好きなんだったらいいと思うけど……でも春風さんのことが好きなんでしょ？」

「そ、それは――。だ、だったら言わせてもらうけど……」

「な、なにかな？」

「星宮は誰が好きなんだ？」

「――あたしのことは関係ないじゃん！」

「関係ある！　オレだけ色々聞かれるのは不公平だ！　星宮も好きな人を言うべきだ！」

「い、意味わかんない！　相変わらず黒峰くんの言うことは理解できないよ！」

「もう聞くけどさ、星宮って……オレのことが好きなんだろ？」

「え、えええええ⁉　い、いやいや！」

大声を出した星宮は焦った様子で首を横に振った。

もし星宮の好きな人がオレならば、オレは二人の女の子と両想いということになる。

「オレ、そこまで鈍感じゃないぞ。ぶっちゃけオレのこと……好き？」

「な、なな、なに言ってるのかなぁ黒峰くんは⁉　想像力豊か過ぎるよっ！」

「だって星宮、オレに優しいじゃん！　他の男に比べて特別優しいじゃん！」

「それは勘違い！　や、優しくされただけで勘違いするって、それ……典型的なモテない男の子だから！」

「――――ッ！」

ドガーン‼　シンプルにド派手な爆弾を食らった気分だ。

いや、でも、さぁ。消しゴム拾ってくれたりとか、ハンカチ貸してくれたりとか、挨拶してくれたりとか……それって、脈ありってことじゃないのぉ？

「星宮って、オレのこと好きじゃないのか…………」

「……好き、じゃないよ。だからあたしのことは気にせず……春風さんのところに行って」

「…………星宮はオレにとって命の恩人で……その……」

「そういうことで居座られても、ちょっと迷惑かも」

「――迷惑っ！」

「それに黒峰くんて、だらしないし……。変なこと言ってあたしを困らせるし、平気であたしの下着をつかむし……」

出るわ出るわ、オレに対する愚痴が……！

も、もしかして……星宮から好かれるどころか、逆に――。

「じ、実は……黒峰くんのこと、き、きき……きら……嫌い、なんだよね……！」

「――――っ！」

嫌い……嫌い。

星宮は、オレのことが嫌い。

吐血しそうになるほどショックを受ける。

あぁ。でも、それでも――。

「嫌いでもいい」

「……え？」

「オレのこと、嫌いでもいい。星宮が心配なんだよ」

「黒峰くん……」

「嫌われていてもいいから、星宮を守りたい」

「――あっ」

誰が好きとか、そんなことはどうでもいい。とにかく星宮が心配なだけだ。

もしオレが居ない方が星宮の安全が保証されるなら、迷わずにそうする。

「黒峰くん……そんなにあたしのことを……あっ」

ジーンと感動していそうな雰囲気を出していた星宮だが、ミニテーブルに足をぶつけてしまう。その拍子にミニテーブルの端っこに置かれていた星宮のスマホが、勢いよく落下し――上手いことカーペットの上をバウンドしてベッドの下に行ってしまった！

「やっちゃった、取らなくちゃ」

星宮がベッドの下を探ろうと床に伏せる――まずい！　ベッドの下はまずい！

「星宮！　待ってくれ！　そこは――」

「……あれ？　スマホ以外にもなんかある……本？」

「気をつけろ星宮！　それは本じゃなくてゴキブリだ！」

「きゃっ！　……ってそんなわけないよね？　これって黒峰くんの本？」

そう言いながら星宮は、ベッドの下からスマホと一冊の本を引きずり出す。

そして本の表紙をしげしげと見つめ――みるみる顔を真っ赤にさせた！

「こ、ここ、これ……エロ本じゃん！」

「そうだ！　エロ本だ！」

「し、しかも、この子……あたしにそっくり……！」

「そうだ！　星宮にそっくりだ！」

「なんで強気で来れるのかなぁ⁉　この変態！」

「待ってくれ！　それは門戸さんから無理やり渡されたんだ！　オレは悪くない！」

「それなら処分するなり千春さんのポストに入れるなりしたらいいじゃん！」

「………」

「黙っちゃった！　どうしてあたしのベッドの下に隠したの⁉」

「エロ本はベッドの下に隠す……それがお決まりだから」

「おかしいよ！　黒峰くんおかしいよ！　女の子のベッドの下にエロ本を隠すなんて！」

激しく取り乱す星宮だが、エロ本には興味あるらしい。

チラチラと表紙に目をやっていた。

そんな星宮に、オレは場を仕切り直す意味を込めて咳払いする。

「ん、んぅ！　ま、そういうわけだからさ……。これからもお世話になるよ」

「で……」

「で？」

「────出て行って‼」

…………ですよねー。

朝の教室とはいつも騒がしいものだ。オレみたいに沈んでいる奴なんて一人もいない。

教室の隅っこで一人の男子生徒が、負のオーラを撒き散らしながら机に突っ伏していた。

そう、オレである。

「……これはきついな」

星宮から嫌いと言われ、出て行けと言われ、エロ本が見つかってしまうなんてな。

まあ本当にストーカーがいないのであれば、星宮の言う通りオレがあのアパートで暮らす必要はない。理屈ではそう。

つまりオレが落ち込んでいるのは、オレ自身の気持ちに他ならなかった。

「星宮と一緒に居たい……ってことかー」

なんとなく呟いていると、すぐ隣から人の気配がした。

「リクちゃん。なんだか元気ないね」

「陽乃………」

顔を上げて陽乃の顔を確認する。いつものように可愛らしく明るい笑みを浮かべていた。

あぁ、負に満ちていた心が癒されていく……！

「なにかあったの？」

「……星宮の家から追い出された」

「え、早く彩奈ちゃんに謝ってこなくちゃ！」

「オレが悪い前提で言うのやめてください……。いや、オレが悪いかもなんだけど……」

土曜日に星宮と何があったのかを陽乃に聞かせる。ふむふむと頷いていた陽乃だが――。

「リクちゃん。それかなり重要な話だよ」

「だよな。もしストーカーが勘違いじゃなかったら――」

「まだエロ本持ってるんだよね？　確認させて」

「そっちかよ。エロ本はどうでもいいじゃん」

「よくない！　まだリクちゃんには早いから！　ど、どうしてもそういうことが気になるなら、私が……！」

「いやいいです」

頬を赤くした陽乃が恥ずかしそうに変なことを言ってきたので、冷静に対応しておく。

正直、陽乃とそういうことをしたいとは思う。思うけど今はなー。

「なんにもやる気が出ないって顔だね」

「そうだなぁ」

嫌いと言われたのが結構効いてるかもしれない。

言われたときは『嫌われていてもいいから、星宮を守りたい』と臭いセリフを返したが、実は深刻なダメージを心に負っていた。

星宮が何をしているのか気になり、教室の中央に顔を向ける。

相変わらずカナと楽しそうに話をしていた。

全くオレのことなんて気にかけていない。

「オレ、まじで嫌われているのか……！」

「ストーカーだけどね、彩奈ちゃんが気のせいって言うんなら、いいんじゃないかな」

「……………」

「嫌いって言われてまでリクちゃんが頑張る必要ないよ」

「でもさ、星宮はオレの命の恩人で……」

「その命の恩人が、もういいって言ってるんだよ？」

その通りだった。これ以上はオレがしつこいだけになる。

「それにね、ちょっとだけ私……怒ってる」

「え」

「彩奈ちゃんにはすごく感謝してる。リクちゃんを助けてくれたから……。でも、今回のことは納得できないや」

「…………」

「彩奈ちゃんもリクちゃんのこと好きだと思ってたのになー。嫌いって言うなんて」

「ウソ、かもしれないぞ。星宮はオレと陽乃に気を遣って、オレを遠ざけるために嫌いって言ったのかも……」

「だったら、どうするの？」

「……わからない」

「リクちゃんは傷つきながらもすごく頑張ったよ。私が傷つけちゃったのもあるけど……。だからその分、リクちゃんを守りたい」

「陽乃……」

「これ以上リクちゃんには悩んでほしくないし傷ついてほしくないの。彩奈ちゃんがいるから今のリクちゃんがいるのはわかってる。でもね、今の彩奈ちゃんはリクちゃんを傷つけてる……それが、すごく許せない」

陽乃の表情に僅かな怒りが滲む。それだけ本気でオレを想ってくれているということか。

「陽乃、オレは――」

「もうリクちゃんが頑張らなくていいんだよ。区切りがついたんだから」

「区切りが、ついた……」

「彩奈ちゃんとの関係は終わったの。その、だから……ね。また、やり直せないかな？」

「やり直す？」

「うん。私とリクちゃん、幼馴染としてずっと一緒にいたでしょ？　その頃みたいに――ううん、今度は恋人として……リクちゃんのそばにいたい」

「――っ」

少し照れた言い方ではあったが、陽乃の願望がストレートに伝わってきた。

思わず言葉を詰まらせてしまう。

どのような言葉を返せばいいのか悩んでいる間にチャイムが鳴った。

教室にいる生徒たちが自分の席に戻り始める。

それは陽乃も例外ではないが、最後にオレに向けて言う。

「私は誰よりもリクちゃんを知っていて、誰よりもリクちゃんが好きだから」

そうオレにだけ聞こえる小さな声で言った陽乃は、そそくさと自分の席に戻って行った。

「…………」

ずっと言って欲しかった言葉だった。もしオレが告白したときに言われていたら、あまりの嬉しさに心臓が止まっていたことだろう。

「……オレ、なんにも頑張ってないんだよな」

陽乃はオレが頑張っていると言っていた。

……そんなことない。

オレは、ずっと陽乃に支えられていた。

陽乃に振られた後は、星宮に支えられていた。

ようは、陽乃と星宮に癒される日々を送っていただけなのだ。

まだ何一つとして、彼女たちに恩を返せていない。

「でも区切りがついた、か。……陽乃の言う通りかもな」

本来ならオレと星宮は接点を持つことはなかった。

話す機会もなかった……同じクラスでありながら。

「いつもの日常に戻るだけ……」

いや、いつもの日常ではない。陽乃と付き合えるという理想の人生を送れるのだ。

昼休みを迎え、あたしはいつものようにカナと過ごす。心の中に残るしこりが気になるものの、平静を装って何気ない話を繰り広げていると——黒峰くんと春風さんが、共に教室から出て行くところを目にした。口に運ぼうとしてたパンが途中で止まってしまう。

「彩奈、いいの？　彼氏が他の女と行ったけど」

「別に……付き合ってないもん」

「は？　まだ一ヶ月経ってないでしょ。つーか、黒峰のこと好きじゃないの？」

「別に……！」

胸の奥から何かが込み上げてきたあたしは、全力でパンに食らいついて口の中に詰めていく。もはや、やけ食い。

「でも彩奈——」

「これでいいの……っ！」

泣きそうだった。

◇◇◇

放課後。いつもなら星宮が『帰ろっか』と誘ってくるのだが……。

「カナ、帰ろ」

「黒峰はいいわけ？」

「もういいの」

星宮は訝しそうにするカナを連れ、さっさと教室から出て行った。

本当にオレたちの繋がりは断たれたらしい。というより星宮が望んでいない。

「リクちゃん。一緒に帰ろ」

「陽乃……」

自然な笑みを浮かべた陽乃が優しく誘ってくれる。

思えばこれが『普通』だった。

オレが陽乃に告白する前は、こうして帰りを誘ってくれるのが日常だったのだ。

つまり、オレの日常が戻ってきたに過ぎない。

「……？」

なにやら視線を感じて教室を見回す。数人の男子生徒たちがオレを見ていた。

「黒峰の野郎、春風から星宮に乗り換えたと思ったら、また春風に乗り換えやがった！」

「校内屈指の人気女子二人に……‼」

……これはヤバいな。一切の弁解ができない上に、自分でもヤバいと思う。

オレは陽乃を連れ、逃げるようにして校内から出て行く。

そうして家を目指し、街中を歩いているときのことだった。

「リクちゃんと帰るの、久々だね」

「……そうだな」

隣で歩く陽乃が弾むような明るい声音で言ってきた。

そのニコニコとした表情からも『嬉しい！』という無邪気な感情が伝わってくる。

「あのね、リクちゃんと……手、つなぎたいな」

「まだ付き合ってないのに？」

「じゃあ……幼馴染として手をつなご！　小さい頃みたいに！」

「もうオレたちは高校生だぞ？　こんなところで手を繋いだら目立つって」

陽乃と手を繋ぎたいとは思うが、オレたちが歩いているのは通学路。

下校中の生徒が周囲に何人か居たりする。とくに陽乃は可愛いので目立つ。

「私は目立っても気にしないよ？」

「……陽乃、さ。自分がモテるって自覚、ある？」

「あるよ」

「だよな、ないよな――――えっ！」

思わず足を止めて陽乃の顔を見つめてしまう。

陽乃も足を止め、ちょっと後ろめたそうな表情を浮かべた。

「そ、そのね……何回か告白されたことあるから………」

「あ、あー……。何回くらい？」

「高校入ってからだと……十回くらい、かな」

「なんてリアリティのある回数……！」

モテる女子だとそれくらいは告白されてそう、と思える絶妙な多さだった。

しかも陽乃は『高校入ってからだと……』と言った。

中学時代も含めると恐ろしい回数になりそうだな。

ちなみにオレは驚くべきことに、一度も告白されたことがない。

堂々の０回である……‼

「一度も付き合わなかったんだな……」

「うん。恋愛感情がよくわからないって、お断りしてた。試しに誰かと付き合ってみたらって友達から言われてたんだけど……その気になれなくて……」

「そっか……」

「当然だよね。だって私、リクちゃんが好きなんだから。自分の中にある初恋には気づけなかったけど、それでもリクちゃんが好きなことには変わらないもん」

陽乃は、清々しく晴れ渡った顔でそんなことを言った。ドキッとさせられる。

「リクちゃんもたくさん告白されてそうだよね」

「あ、あぁ……まあ、ね。何回告白されたか、ちょっと覚えてないけど」

覚えてないのは当然だ。一度も告白されたことがないのだから。

「やっぱり。それでも誰とも付き合わず、私に告白してくれたんだよね。すごく嬉しい」

「………」

心底幸せそうな顔で微笑む陽乃を見て罪悪感を感じる。胸が痛い。

なんで男は見栄っ張りなんだろうな。ここ最近のオレはウソばっかりな気がする。

「リクちゃん、その……私、待ってるから………」

頬を赤らめた陽乃が恥ずかしそうにうつむく。

甘酸っぱい何かを期待するような雰囲気だ。

直感でわかる。告白待ちだ。
陽乃はオレの答えを待つと言っていた。
あとはオレが陽乃に告白すれば、ずっと夢見ていた人生を手にすることができる。
ゴールは目前。すぐ手につかめる距離だ。
オレは自分の気持ちに従い、口を開く。
「もう少しだけ、待ってほしい」
「う、うん……。わかった」
——あれ？
『好きです、付き合ってください』と言うつもりだったのに……。
あぁ、そうか。まだやり残したことがある。
ちょっとしたやり残しがオレにブレーキをかけさせたのか。
今晩、ささっと解決してこよう。

◇　◇　◇

今晩のコンビニに星宮がいないのは知っている。

同棲(どうせい)している間に星宮のシフトを覚えてしまった。

「あらぁリクちゃんじゃないのぉ。彩奈ちゃん、いないわよぉ」

オーナーに用があるオレは、午後10時を少し過ぎた頃合いを見計らってコンビニに来ていた。店内に客がいないことを確認し、レジに居たオーナーに話しかける。

「今日は星宮じゃなくて、オーナーに用事があって来ました」

「だめよぉリクちゃん。確かに私は美しいけれど、浮気(うわき)はよくないわぁ」

「…………」

「…………」

…………。

「以前、ここで働くことを提案してくれたじゃないですか？　申し訳ないですが、お断りします」

「あら～残念ねぇ。でもちゃんと言ってくれて嬉しいわ～」

これがオレのやり残しだった。オーナーはとくに考えず言ってくれたかもしれないが、正式に返事をしておきたかったのだ。

「ねえリクちゃん、彩奈ちゃんと働きたくないのかしらん？」

「……多分、星宮がオレと働きたくないと思います」

「そう……」

オレと星宮の間に何かがあったのを察したらしく、オーナーは追及してこなかった。

しかし、星宮についてポツポツと静かに語り始める。

「この間の土日なんだけどねぇ……彩奈ちゃん、すんごく寂しそうな顔をしていたわぁ」

「寂しそうな顔、ですか」

「そうよぉ。寂しそうな顔をしているかと思えば、今度は泣きそうな顔になったり……ええ、お客さんからも心配されるほどにねぇ」

「…………」

「あれは……後悔してる人の顔よぉ。それも一生引きずるほどの後悔」

「……そう、ですか」

「二人の間に何があったかわからないけれど……。リクちゃん、後悔のないようにねぇ」

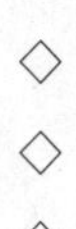

「お、リクくんじゃん。こんなところで会うの珍しいね」
オーナーから話を聞いた後、家に帰るべく自転車でのんびりと夜の街中を走っていると

きだった。前方から門戸さんが歩いてくるのが見え、自転車を止めて向き合う。

「門戸さん……。こんな夜遅くに出歩いていいんですか？」

「それ未成年の君が言うことじゃないね。私は飲み会の帰りだよ。リクくんは彩奈ちゃんの家に帰らなくていいの？」

「まあ……」

「やっぱし何かあったね」

「…………」

すぐに見抜かれた。

「リクくんの家、こっから近いの？」

「はい。三時間くらいの距離です」

「全然近くないね。家に着くの、深夜じゃん。よかったら私の家に泊まるかい？」

「遠慮します。なんか食べられそうなんで」

「いやいや、未成年に手を出さないよ。……てか本当に大丈夫？」

「……はい。それじゃ」

オレは自転車にまたがり、再び走り始める。

そして門戸さんの隣を通り過ぎようとしたときだ。

「土曜日の昼、彩奈ちゃんの家に行ったわけよ」

「――――」

とっさにブレーキをかけて自転車を止め、門戸さんの話に耳を傾けてしまう。

「インターホンを押した瞬間、物凄い勢いでドアを開けて彩奈ちゃんが出て来たんだよね。それも嬉しそうな顔をして。で、私の顔を見た瞬間、まるで期待外れーみたいな残念そうな顔をしたんだよ」

「……それが、どうしたんですか」

「彩奈ちゃん、誰かが来るのを期待してたんじゃないかな」

「………………」

「それが誰かは知らないけどね。というわけで非行少年くん、早く帰りなよ。君が何かあったときに悲しむのは、君のことが好きな人たちだよ」

真面目な言葉で話を締めた門戸さんは、オレに背を向けて歩いていく。

なんだよ、ちょっと大人っぽいじゃないか。

オレは暗闇に紛れていく門戸さんの背中を眺め、ただ突っ立っていることしかできなかった。

四章　真実

「あれ、パンツが一枚無くなってる……また風で飛ばされたのかな？」

学校から帰ってきた後のこと。ベランダに干しっ放しの洗濯物に気づいて取り込んでいると、パンツが無くなっていることに気づいた。しかもあたしが気に入ってるやつ……。

「う～ん、仕方ないよね」

もし黒峰（くろみね）くんがいたら『ストーカーが現れた！』と大騒ぎしそう。

そのことを想像したら「ふふっ」と少しだけ笑ってしまった。

洗濯物を取り込んだあたしは、一人きりになった部屋を見回す。

数日前までは男の子の服が散らかっていたり、だらしない男の子がゴロゴロ転がっていた。けれど今は、ごく普通の女子の部屋になっている。

……黒峰くんが来る前は当たり前のことだったのにね。

心の中を冷たい風が通り抜けるような、そんな寂しい気持ちになってしまう。

「…………」

ふと部屋の隅で畳まれた布団（ふとん）に目が向く。黒峰くんの布団だ。

あたしは少し躊躇いながらも畳まれていた布団を広げて枕もセットする。

「………」

少しだけ迷ったけど……黒峰くんの布団に、寝転がった――。

枕に頭を置き、掛け布団を頭から被る……。

「……黒峰くんの、匂い……」

変態みたい、あたし……。そう思ってもやめられない。

黒峰くんを家から追い出してから数日が経過した。

すぐに一人の生活に慣れるかと思ったけど、一度好きな人との生活を経験してしまうと、まったく慣れない。

「……黒峰くん、春風さんと仲良くしてるかな」

学校ではずっと一緒に居るよね。

春風さん、すごく楽しそうな顔で黒峰くんに話しかけてるもん。

けれど黒峰くんは、あたしを気にかけている。

嫌い、って酷いことを言われたのに……。

「最低だなー、あたし……」

緩やかにやってきた眠気に抗うことなく、ゆっくりと目を閉じる。

寝ていた自覚がなく、パッと目を覚ました。

まさかと思って枕元のスマホで時間を確認すると――バイトの時間が迫っていた。

今すぐに出ないと間に合わない！

「い、急がないと！」

あたしは家から飛び出すとドアにカギをかけ、自転車の下に向かった。

そうして自転車に乗って走り出そうと――タイヤに違和感を感じた。

「あっ！　パンクしてる！　ウソでしょ！」

後輪がペタンコになっていた。なんて不幸続き……。

「遅刻、確定かな…………はぁ」

「オーナー、お先に失礼します」
「あら彩奈（あやな）ちゃんお疲れ様。もう外は暗いけど大丈夫？」
バイト終わり。午後10時を少し回った頃。
着替えを終えたあたしはレジに立つオーナーと向き合っていた。

店内にお客さんの姿は見えない。この時間になるとお客さん少ないなー。

「大丈夫ですよオーナー。あたし、子供じゃありませんから」

「そうじゃなくて……ほら、ストーカーよ。今日もリクちゃんは来ないのかしらぁ？」

「もう黒峰くんは来ませんよ。ストーカーはあたしの気のせいだったので……」

「そう……。今日は歩きで来たのよねぇ？　こんな暗い山で女の子一人は危ないわよぉ」

「大丈夫です！　もし変な人に襲われても走って逃げます！」

こう見えても運動には自信がありますから、とあたしは明るい笑みを浮かべる。

そんなあたしを見てもオーナーは不安そうな面持ちを変えることはなかった。

「彩奈ちゃん。私が車で送ってあげるわぁ」

「いえ、いいですよ。本当に大丈夫なので」

「そう……。何かあったら、すぐに逃げて警察に電話するのよぉ？」

「大袈裟（おおげさ）ですよ、オーナー。本当に大丈夫ですから。それではお疲れ様です」

あたしはオーナーに軽く頭を下げ、店から出て行く。

コンビニ周辺なら、まだ店内の光で明るい。

それでも舗装された山道をどんどん下っていくと、やがてコンビニの光が届かなくなって暗闇に包まれていく。ぶわっと途端に恐怖を感じた。

なんとなく真横のガードレールから先を覗いて、急な斜面が広がっていることに気づき、ゴクッと息を呑む。

「な、なんかあたし……敏感になってるかも」

気を紛らわせようと思い、スマホを取り出した。

「あ、カナから誘い来てる」

街灯がなく月明りだけが頼りの山道。スマホだけが今のあたしに安らぎをくれた。

「次の土曜日かー。バイトがあるんだよねー」

申し訳なく思いながらカナの誘いに断りを入れる。

それからも他の友達に返信を済ませ、十分ほど歩き続ける。

「……？」

じゃりっと、後方から自分以外の足音が微かに聞こえた気がした。

まさかと思い、ゆっくりと振り返る。

少し離れた先に、ボンヤリと人の輪郭が暗闇の中に浮かんでいた。

雰囲気からして……男の人？

あたしが足を止めると、その人も足を止めていた。

「た、たまたま……だよね？」

あの人も何か事情があって、この山道を歩いてるに違いない。

そう自分に言い聞かせて、再び歩き続ける。

でも――じゃり、じゃり、じゃり。

その足音は、明らかにテンポを速めてあたしに近づいていた。

我慢できず、バッと振り返る。

暗くて顔や服装は見えない。それでも、さっきより距離を詰めていた――。

「――っ」

ゾワッと全身の肌に寒いものが走るのを感じ、心臓のドクドクという音が全身に広がる。

あの人、絶対にあたしを意識してる。

こっちが足を止めるのに合わせて、あの人も足を止めてるし……。

――い、いやいや。

まだストーカーと決まったわけじゃない。何かの偶然かもしれないよね。

そう思いながらもあたしは小走りで先を急ぎ始めた。

この山道を抜けるには後二十分くらいかかる。もし襲われたら逃げ切れない。

恐怖に急かされてどんどん足を速めていくけど、後ろから足音が近づいてくる。

――こわい、こわい！

ストーカー、気のせいじゃなかったの？

思えば今日は変なことが起きていた。

パンツが無くなったり、自転車がパンクしていたり――。

「あ――」

足を絡めてこけてしまう。咄嗟に地面に手をついて、手の平に痛みが走った。

「いたた……っ」

じゃりじゃりと足音が近づいてきた。

その男の人が、すぐ背後にまで来ているのがわかる。

怖くて振り返ることができない。

――黒峰くん。

「星宮、大丈夫か？」

「……………え？」

あたしが今一番聞きたい声が背後からして振り返る。

そこに居たのは――やっぱり黒峰くんだった。

「さて……黒峰くん、ちゃんと説明して！」

「星宮をコッソリと付け回していただけですけど？　なにか文句でも？」

「大有りだよ！　あんな山道でついてこられたら怖いってば！」

そして黒峰くんを連れて家に帰ってきていた。

あたしは黒峰くんに正座をさせて本気の説教をするつもりでいる。

「も、もうあたしに構わないでよ。迷惑だってば」

「とか言いながら少しにんまりしてるぞ」

「――え。これは、ちが――」

すぐさま口に手を当てて隠す。

言われてみると、にんまりしちゃってたような気が……！

黒峰くんは変な言い方をしているけど、あたしを心配してくれているんだろうし……。

いやほんと迷惑なやり方だったけど……！

「オーナーや門戸（もんど）さんから聞いたぞ。オレが居なくて寂しい思いをしていたんだってな」

「し、してないしっ！　てか、なにを聞いたか知らないけど、そういうこと普通は隠すもんじゃないの⁉」

「オレが隠すタイプだと、まだ思ってるのか？」

「……思ってない。黒峰くん、思ったことすぐ言っちゃうタイプだもんね」

よくわかってるじゃないか、と平然とした顔で言った黒峰くんに軽く殺意が湧いた。

どうしてこんなめちゃくちゃな男の子を好きになったんだろう。

思えばコンビニ強盗から助けてもらったあの晩から、あたしは黒峰くんのことばかり考えていた気がする。あれは本当に衝撃的な出会いだった。

……衝撃的な出会いから始まって、黒峰くんの過去を聞いて。

ちょっと突っ込んだことを言ってくるけど、意外と繊細な一面もあって……相手のことを考える優しさもあって。本気であたしを守ろうとしてくれて……。

そんな黒峰くんが好きだから、春風さんと幸せになってほしい。

あたしなんかに時間を使ってもらいたくないから――。

「黒峰くん、帰って」

「…………」

「あたしのことは気にしなくていいから。ちゃんと春風さんのそばにいてあげて」

「……星宮が、ストーカーで困ってるじゃないか」

「困ってないよ、ストーカーは気のせいだし。むしろ今の黒峰くんがストーカーだよ」

「……ごめん」

黒峰くんが悲しそうにしょんぼりとうなだれる。相変わらず感情がわかりやすい……。

「次、こんなことしたら本気で怒るから」

「……その、悪かった……」

立ち上がった黒峰くんはトボトボと歩いていき、この家から出て行った。

部屋にあたし一人だけとなって、なんとも言えない虚しさが心の中に立ち込める。

「……ちょっと言い過ぎたかな。でも、黒峰くんにはあれくらいじゃないと……」

いつまでたっても黒峰くんは、あたしを心配して春風さんと付き合えなくなる。

なんか変に責任感が強いというか、義理堅いところがあるし……。

「あ、こんな時間に帰して大丈夫かな？　今晩だけでも家に泊めてあげた方が……」

黒峰くんを追いかけようとした寸前、ふと机に置かれた家族写真が視界に映り――。

自殺――黒峰――両親。

「うっ！」

ズキッと頭に痛みが走ったので、咄嗟に目を逸らす。

何かの映像が頭に浮かんだけど、すぐに消えた。

「あたし、なにか……忘れてる……？」

この忘れた何かを思い出そうとしたところで、ピンポーンと電子音が部屋内に鳴り響いた。インターホンが押されたんだ。きっと黒峰くん。

こんな時間だから『ごめん星宮。今晩だけでいいから泊めてくれ』と弱気な表情でお願いしにきたに違いない。

「ほんと、仕方ないなぁ黒峰くんは……」

今晩だけだからね、そう言って泊めてあげよう。

あたしは急いで玄関に向かいドアを開け——戸惑った。

「あの、えと……？」

ドアを開けた先に居たのは黒峰くんじゃなかった。

三十代くらいの男性。服装は上下黒いジャージ。ふくよかな体型をしている。髪の毛はボサついていて、ぽっちゃり気味の顔だった。

「……ざけんなよ」

「なにが、ですか？」

「彩奈ちゃん、なんで俺を無視すんの？」

そう言いながら男の人はズボンのポケットに手を突っ込み、すでに刃が出された折りたたみナイフを取り出した。

「えっ――――」

男の人が、ナイフを出した。

そのことを事実として認識するけど、現実感がなくて呆けてしまう。

怖いという感情を認識する暇もなかった。

「――っ！」

男の人に強く肩を突き飛ばされる。

その衝撃に抗うことができず、あたしはお尻から後ろに倒れた。

ドンッと鈍い痛みがお尻から伝わる。

「ふざけんなよ……っ。くそっ」

「あ、あ……っ」

玄関に入ってきた男の人がドアにカギをかける。

それを見ていてようやく目の前の現実を認識した。

――ヤバい人だ。

あたしは、すぐに立ち上がって部屋に逃げようとしたけど、「待てコラ！」と怒声を浴びせられて後ろ髪をグッと摑まれた。

「いたっ！」

「あ、あんなキモい男とイチャイチャしやがって！」

「何を言って――――」

最後まで言葉を発することができなかった。背中にのしかかられて床に倒れこむ。

経験したことのない重みが、あたしの体に襲い掛かっていた。

「……く、くるし……っ」

「あ、彩奈ちゃんが悪いんだぞ……！　俺に見せつけるように、あのクソ野郎とイチャイチャするから……！」

「や、やだ……っ」

「ゆ、許さんぞ。絶対に許さんぞ……！」

ふぅふぅと鼻息を荒くする男の人は、あたしの肩を摑んで強い力で引いてくる。

そのままひっくり返され、仰向けにされた。

「ずっと前から……彩奈ちゃんが好きだったのに……！　俺が先に、彩奈ちゃんに目をつけていたのに……！」

「や……あ……っ」

想像を絶する恐怖に、男の人の顔を見上げるしかなかった。

そんなあたしを見下ろし、男の人は馬乗りになってあたしの自由を完全に奪う。

「ほ、本当は山道で彩奈ちゃんに声をかけるつもりだったんだけどね……自転車をパンクさせてさ……。でもあの男がいたから…………へへ」

「ひっ――――」

欲望にまみれた男の人の顔は、あたしを恐怖で震え上がらせるのに十分だった。

「派手な格好もいいけど、地味な格好も、いいよね……。というか、地味な方が本来の彩奈ちゃんでしょ？　俺、人間観察が好きだから……そういうのわかるんだよね」

「ぅ……ぁぁ……っ！」

恐怖でまともに動かない手足をバタバタと動かして抵抗すると、男の人が「逃げたら刺すぞ……！」と脅しながらナイフを見せてきた。あまりの怖さに頭の奥が凍り付き、なにも考えられなくなっていく。

「あ、あのクソ野郎と……もうシたのか？」

「したって……なにを……」

「え、なに、まだ？　へへ、まじかよ」

嬉々とする男の人。何かとてつもない欲望があたしに向けられているのを感じ、サーッと顔が青くなっていくのが自分でもわかった。

「逃げたら、刺すから……大人しくしてね」

「や、やだ……やだぁ」

男の人に両肩を掴まれ、グッと体重をかけられる。

あたしが体を揺らして抵抗を見せると、男の人は苛立ちを隠すことなく怒声をあげた。

「う、うぜぇ！　大人しくしろ！　刺すぞ！」

「ひっ――――」

「や、優しくするからさぁ。俺、彩奈ちゃんが好きだし……。この気持ち、受け取ってくれるでしょ？」

「もう、ほんとにやだぁ……やめて……ぐすっ……うう……っ！」

ついにあたしの両目からポロポロと涙が零れ落ちる。

耐えきれない恐怖に理性は呑み込まれ、ただ震えて許しを請うことしかできない。

「や、やめてください……お願いします……ごめん、なさい……ぐすっ」

「な、泣いてる彩奈ちゃんも可愛いねぇ。へへ」

「ごめんなさい……ごめんなさい……許して……」

「俺……浮気は許せない男なんだ。あんなパッとしない男と、同棲しやがって……！」

怒りに震える男はあたしのシャツに手をかけ、まくりあげようとする。

何をされるのか理解し、あたしは男の手を払い除けようと悲鳴を上げながら抵抗した。

「や、やだ！　ほんとにやだぁ！」

「うるせえ！　全部彩奈ちゃんが悪いんだよ！　あ、彩奈ちゃんは俺のものだ……！」

「やだやだ……やだぁ……。誰か、助けて……黒峰くん……！」

これは、天罰なのかな。

本気で心配してくれた黒峰くんを遠ざけた天罰……。

もう抗うことができなくて、あたしは自分に覆い被さる男の人を見上げるしかなかった。

……なんて下劣で汚い表情を浮かべているんだろ。

きっと抵抗すればナイフで刺される。

こんなことになるなら、もっと黒峰くんに素直になれば良かった………。

「へへ、彩奈ちゃん大人しくなったね。ようやく俺を受け入れてくれたんだ」

「………」

嬉々とした男の人が、あたしのシャツをまくり上げようとする。

それに合わせて自分の心が暗闇の底に沈んでいくのがわかった。

これは、黒峰くんを拒絶した天罰──。

あぁ。

……せめて、黒峰くんに好きって言いたかったなぁ。

「なあ、オレも混ぜてくんない？」

――え。

この場に相応しくない、あまりにも間の抜けた第三者の声が聞こえた。

男の人も「は？」と振り返り――鋭い勢いで放たれた拳が、男の人の顔面に突き刺さった……！

「がふっ！」

凄い威力だったらしく、男の人は軽く吹っ飛んであたしの体から滑り落ちる。

男の人はナイフを落とし、痛そうに両手で顔を押さえていた。

何が起きたのかまったく理解できない。

それでも、まさかという期待があった。

ゆっくりと体を起こし、目の前に立っている人に視線をやる。

そこに居たのは――やっぱり黒峰くんだった。

「星宮。合鍵を返しに来たんだけど……こいつ、もしかしてストーカー？」

合鍵を右手に握りしめている黒峰くんは、コンビニ強盗に立ち向かったときのような、

あっけらかんとした態度でそう言うのだった。

「ぐぐっ……いてぇ……っ」

男の人――ストーカーが殴られたのは鼻らしく、痛がりながら鼻を押さえていた。

相当痛いらしく、雰囲気からしてすぐには立ち上がってこられなそうに見えた。

「…………」

黒峰くんは無言でストーカーをチラッと一瞥し、床に落ちていた折りたたみナイフを拾い上げ、刃の部分を折り畳んでズボンのポケットに入れた。

それからあたしのもとに歩み寄って来て、目線を合わせるように屈む。

「ごめん、星宮」

「……どうして、黒峰くんが謝るの？」

「必要とされるときにいなかったから」

黒峰くんは本気で謝っていた。申し訳なさそうに顔を歪め、怒りやら悲しみやら……色んな感情が混ざっていそうな複雑な表情を浮かべている。

「そんなこと、ないよ……。あたしが突き放していたのに……来てくれたもん……！」

　黒峰くんが来てくれた事実に胸がいっぱいになる。もうそれだけで満足だった。

「早く逃げよう。立てる？」

「な、なんとか……」

　ストーカーが痛がって苦しんでいる間に、黒峰くんに支えてもらいながら立ち上がる。

　ふと黒峰くんの顔を見ると、普通の表情に変化していることがわかった。

　不自然なほどに普通の表情……。

　そうして玄関に向かって、ドアノブに手を伸ばそうとした瞬間だった。

「ふざけんな！　この……！」

　後ろから怒声が聞こえ、あたしは振り返る。

　廊下の壁に寄りかかりながらストーカーが立ち上がり、上着のポケットから折りたたみのナイフを取り出していた。——もう一本あったんだ！

　そういえば聞いたことがある。世の中には刃物を持ち歩く人が想像以上にいる、と。

「あ、彩奈ちゃんが……俺を受け入れてくれたのに！」

「そうは見えなかったけどな。無理やりだったろ」

「彩奈ちゃんが俺の期待を裏切るからだ‼　冴えねえ男を部屋に連れ込みやがって！」

冴えない男ってオレのこと？　と、黒峰くんが呟く。きっとそう。

「てめ刺すぞコラァ！　俺が本気になったら……人を刺すくらい、わけねぇんだぞ！」

――っ。どす黒い狂気がそこに渦巻いていた。

ストーカーの目は血走っていて、ナイフを持つ手は必要以上に力が込められてフルフルと震えている。あたしはあまりにも怖くて、また目がじわぁっと熱くなって涙が出てきた。

けれど、すぐ隣にいる男の子は――。

「あぁ……刺すだろうな、お前は。まじで刺すタイプだよ、お前」

黒峰くんは事実を語るように淡々と言い、さらに言葉を続ける。

「コンビニ強盗のオッサンと違って、目に理性がない。雰囲気からして、自分のことしか頭にない身勝手な奴だとわかるしな」

「てめ、わけわかんねぇぞ！」

「オレも同じような人間だから、なんとなくわかるよ。親近感を感じる。オレとお前は、ヤバい側の人間だろ」

「お、俺はヤバくない！　彩奈ちゃんに受け入れてほしいだけだ！」

「わかるよ、その気持ち」

「適当なこと言ってんじゃゃ――」

「好きな人に自分勝手な理想を抱き続け、その理想が裏切られたら失望して自分勝手にキレる……オレもまったく同じだよ」

黒峰くん、自分とストーカーを重ねているんだ。全然違うのに……。

「星宮、逃げろ」

「え、でも……く、黒峰くんは？」

「オレは……いいや」

「何を言って——」

「俺の彩奈ちゃんと……話してんじゃねぇ‼」

狂気じみた怒りを吐き出し、ストーカーがナイフを手にして黒峰くんに突っ込んでいく。

普通なら怖くて何もできなくなる。

けれど黒峰くんは動揺することなくズボンのポケットに手を突っ込み——折りたたみナイフを取り出して、無造作にポイッとストーカーに投げた。

「——っ」

びくっと反応したストーカーは、一瞬だけ足を止める。

その一瞬の隙を見逃さない黒峰くんは踏み込んで——。

「ぶはぁっ！」

黒峰くんが、全力でストーカーの顔面を殴り飛ばした……！

ストーカーは後ろに倒れ、何が起きたのかわからないと言いたげに黒峰くんを見つめる。

「共感はするよ。でもな、星宮を傷つけたことは別だ。絶対に許せない」

「なっ……てめ……！」

黒峰くんは起き上がろうとしたストーカーの顔を再び殴り、床に倒れたストーカーに馬乗りになって拳を振り上げる。

「星宮に、何をしようとしていたんだよ。なぁ……クソ野郎」

冷静な言葉遣いとは裏腹に、黒峰くんは強烈な拳をストーカーの顔に叩き込む。

あまりにも暴力的な光景が怖くなり、あたしは両手で顔を覆う。

けれど、耳が現状を教えてくれる。

人を殴る鈍い音と、ストーカーの許しを請う潰れた声……。

そして音が止んだ。ようやく終わったのかな、と思い見ると――黒峰くんはナイフを手にして振り上げていた。

「ダメだよ！　黒峰くん！」

何をする気なのかすぐに察する。あたしは反射的に黒峰くんに飛びついた。

「星宮……離してくれ」

「ダメ！　それはほんとにダメ！　落ち着いて！」

「落ち着いてるよ。うん、自分でも不思議なくらい落ち着いてる……だから大丈夫、離してくれ」

「全然大丈夫じゃない！」

黒峰くんは静かに怒り狂っていると、ようやく気づかされた。

怒りを表に発散することなく、自分の中に溜め込んで静かに爆発させている。

普通に怒鳴り散らす人よりも恐ろしさを感じさせた。

それでも、その恐ろしさ以上に——。

「あたし……イヤだから！」

「……イヤ？」

「好きな人が不幸になるなんて……イヤだから！」

「——な」

「それをしたら……黒峰くんが不幸になるよ！」

自分でも何を叫んでいるのかわからない。とにかく、思いをぶつけた。

「……オレのこと、嫌いって言ってたのに」

「好きだよ！　大好きだよ！　だから……やめて……！」

必死に黒峰くんの体にしがみついて止めていたあたしは、黒峰くんの体から力が抜けていくのを感じ取った。

「黒峰くん……人を傷つける人に……ならないで」

「……………わかった」

力のない声で返事すると、黒峰くんは静かにナイフを床に置いた——。

「このジャージ着るの、久々だな」

「そうだね。黒峰くんが初めてこの家に来た日以来じゃないかな」

入浴を済ませた後。パジャマに着替えた星宮と話しながら、オレは自分が着ているジャージに目を落とす。星宮のお父さんのジャージだ。

少し懐かしく思えるのは、それだけの付き合いを星宮と重ねたということだろうか。

「もう1時か……」

テーブルに置かれた花柄の時計を見て呟く。

ストーカーと対峙した後、もちろん警察に連絡して来てもらうことにしたのだが……。

それからが大変だった。色んなことを根掘り葉掘り聞かれて、何度も同じことを質問されて……。保護者を呼んで欲しいと言われたときは、実に面倒なことになったと思った。

オレの保護者は祖父母になるのだが、祖父母はここから遠く離れた田舎に住んでいる上に、オレと距離を置きたがっている。

まあ今回は時間も遅いということで電話で警察と話をしてもらった。

そして気がつけば深夜になっていたのだ。

オレはともかく流石に星宮の両親はすっとんで帰ってくるかと思っていたが、なぜか来たのは門戸さんだった。門戸さんは用事で隣県に居たらしく、凄まじい量の汗をかきながら現れた。それだけ心配してくれたのだろう。

あと気のせいかもしれないが、両親の話題になったときの星宮は、頭を押さえて苦しそうにしていた気がする。

ひとまず警察から解放されて自由の身になったオレは、このまま星宮の家に泊めてもらうことになった。

「…………」

なんとも言い難い沈黙が部屋を支配する。

ベッドに腰掛ける星宮を前に、オレは床に腰を下ろしてソワソワしていた。

いや、落ち着きがないのはオレだけではない。

星宮も居心地が悪そうに顔を背け、自分の髪をクルクルと人差し指で巻いていた。

ほんのりと頬が赤く染まっているのは、きっと湯上りだからだろう。

と、不意に右拳に激痛が走る。

「──いつっ」

「黒峰くん⁉　どうしたの⁉」

「いや、右手が急に痛くなって……！」

「見せて！」

やけに慌てた星宮がベッドから降りてオレの下に来る。

その場で腰を下ろし、オレの右手を両手で優しく持ち上げて観察し始めた。

「……どう？」

「赤く、なってるね」

「そうだな……それだけ？」

「ごめんね。あたし、見てもわかんないや」

「まあ、多分骨折はしてないと思う。普段から鍛えてるし……」

「鍛えてるんだ……」

「人生、何が起きるかわからないだろ？　いつでも陽乃を守れるように鍛えているんだ」

「……ほんと、春風さんが大好きなんだね………あはは」

なんか無理に笑っている気がした。

「──あ」

二人でオレの右手を近くから見つめる。

必然、お互いの顔も近くなっていた。星宮の火照った顔がすぐ目の前にある。

「……黒峰くん」

「……なに？」

「ごめんね」

「え──」

何に対する謝罪なのか、それを聞く前に──星宮に抱きつかれた。

「今だけ……今だけでいいから……」

「星宮、なにを……」

「遠慮するつもりだった。黒峰くんと春風さんは両想いで……あたしが入る隙間がないのはわかりきっていたから……。それに、黒峰くんが本気で春風さんのことが好きなの知っていたから……」

「…………」

「黒峰くんには少しでも早く幸せになってほしいから……あたしは身を引いて、春風さんのところに行ってほしかったの」

「……そうか」

オレは星宮の言葉に耳を傾ける。

「でもね、黒峰くんを忘れられなかった。黒峰くんがいない間……黒峰くんの布団で寝ちゃったり……」

何も言えない……。何も言えないが、その気持ちはわかる。

「どれだけ距離を置いても黒峰くんが忘れられなくて……。そしてストーカーから助けてもらって……。もう、我慢できない……我慢できないよ…………」

「星宮……」

「黒峰くん、好き……。好き、本当に好きなの……」

オレに強く抱きつき、星宮はうわ言のように『好き』と繰り返す。

これだけ情熱的に思いをぶつけられては、こちらも覚悟を決めるしかない。

「……オレが陽乃と付き合わなかったの、ちゃんと理由があるんだ」

「あたしのためでしょ？」

「違う」

「じゃあ、なに？」

「オレが、星宮のことが好きだから」

「…………え？」

何を言われたのか理解できなかったらしく、星宮は顔を上げてオレの目を見つめてくる。

「星宮には誰よりも幸せになってほしい」

「そ、それって……」

「もっと言うなら、星宮のそばに居たい」

「あたしの……そばに…………」

星宮は頰を紅潮させ、噛みしめるようにオレの言葉を繰り返した。

「こ、これからも……星宮と、この家で暮らしたい……と思っている」

やたら緊張しながら言ったせいで言葉に詰まりがあった。

それでも星宮にはしっかりとオレの思いが伝わったようで……。

「そ、そそ、それってさ……告白？」

「…………」

無言で頷いてみせる。声に出せなかった。

「あたしと、付き合いたいってこと？」

「うん」

「付き合いたいってことは……恋人になりたいってこと？」

「そうだ」

「恋人ってことは、特別な関係に——」

「どうしたさっきから。同じことしか言ってないぞ」

「だ、だって……その……」

星宮はオレから視線を外し、恥ずかしそうに口をモゴモゴさせる。

ここでうぶな一面が発動してしまったのか。

「春風さんは……いいの？」

「今、陽乃は関係ない。オレたちの話だ。それに星宮を一人にしておくのが怖いんだよな。不幸体質っぽいし」

「不幸体質って……ま、そうかもしれないけど」

一ヶ月の間でコンビニ強盗に襲われてストーカーにも襲われて……こんな立て続けに不幸に見舞われる人は中々いないぞ。

二度あることは三度あるという縁起でもない言葉を思い出した。

「オレ自身が星宮と居たいってのもあるけど……オレが星宮を守りたい、です」

「ま、守りたい……あたしを……」

「うん……」

「で、でもさ……黒峰くんもあたしがいないとダメだよね。だらしないし……。毎朝黒峰くんを起こして、ご飯を作ってたのあたしだから……」

「ああ、オレは星宮が居てくれないとダメなんだ」

「そ、そっかそっか……っ」

湯気を幻視できるくらい顔を真っ赤にした星宮に対し、言う。

「星宮のことが好きだ。……オレと付き合ってください」

「あ、あたしでいいの？　あたし、春風さんみたいに——」

自虐的な態度を取る星宮に対して、オレは最後まで言わせまいと首を左右に振る。

「さっきも言ったけど陽乃は関係ない。もう一度言う……オレと付き合ってください」

「く、黒峰くん……」

「返事が……聞きたい……です」

「……………えと、そ、それじゃあ、その……はい。よ、よろしくお願いします……！」

と、星宮は消え入りそうなほど小さな声で応えてくれるのだった。

「えと、どうしよっか……あはは」

付き合うことになって僅か一分後。

お互いにどうしたらいいのかわからず、チラチラと視線を送り合って戸惑っていた。

とりあえず距離を詰めようと思い、ベッドに座り直した星宮の隣に腰を下ろす。

「わ、わわっ。黒峰くん、なに？」

「普通に座っただけなんだけど。何に焦ってるんだ？」

「べ、別に焦ってないし……」

「焦ってるじゃないか。しかもオレから視線を逸らして」

「…………」

黙ってしまう星宮。オレも少し頭を悩ませる。

付き合うことになった。それはいい。今までと何か変わるのか？

「星宮。何かしたいことある？」

「と、とくに……。黒峰くんは？」

「星宮とエロ本みたいなことがしたい」

「直球だねぇ！　ビックリするくらい直球だよ！」

「星宮はエロ本みたいなことがしたくないのか？」

「どうして真顔でそんなことが言えるのかなぁ⁉　あたしにはわからないよ！」

「したくないの？」

「……も、もっとね、お互いのことを知ってから……」

「黒峰リク16歳右利き得意科目なし苦手科目なし趣味もとくになし——」

「待って待って！　そういうことじゃないの！　しかも、ないない尽くしだし！」

「じゃあなんだよ」

「あ、あたしたちってさ……お互いがどんな人生を歩んできたとか、そういうの、よく知らないと思うんだよね」

「まあ……過去について話すこと、なかったよな」

「その、もっと深く黒峰くんのことが知りたいし、逆にあたしのことも知ってほしい」

そういうことなら、と思いオレは自分のことについて話す。

とはいってても特別な何かがあるわけではない。

いや、あることにはあるが、家族を失うキッカケとなった事故を除けば、至って普通の人生だ。ひたすら陽乃にくっついて、陽乃以外には一切目を向けない人生。

そうなると、陽乃と何をしたのか、そのことばかりが話題になる。

途中から星宮が優し気な表情を浮かべていることに気づき、これは気遣われている、と感じて話を終わらせた。

「今度は星宮の話を聞きたい」

「あたしの話だね、いいよ」

「星宮の話が終わったらエロ本みたいなことをしよう」

「だ、だから早いってば！　まず最初の一ヶ月間は名前呼びから初めて……。それから三ヶ月間は手を繋ぐ期間で……」

「遅すぎるだろそれは。四ヶ月経っても手を繋ぐだけって……」

「だ、だって……恥ずかしいというか、心の準備が……！」

「わかった。星宮のペースに任せる」

ぶっちゃけエロ本みたいなことがしたいというのは冗談だ。

星宮なら焦りながら断るだろうと思い、からかい気分で言っただけのこと。

オレもそこまでの度胸はない。

いや一人の男子高校生として興味があるのは事実だが……！

「うーん。何から喋ろっかなぁ」

「あ、じゃあ聞いていいか?」

「いいよ。変な質問したら怒るからね」

「普通の質問だ。星宮って、中学生の頃は地味子だったのか?」

「ねえその地味子って呼び方やめてくれない?」

「わかった。高校デビューしたのか?」

「うーん、そうだね。高校に入ってから今みたいな感じになったかなぁ」

「やっぱり高校からか。あの写真に写ってる星宮は黒髪で大人しそうな格好してるもんな」

　オレはテーブルに置かれた写真立てに指をさす。

あの写真には星宮の両親と中学生らしき星宮が写っているのだ。

「高校デビューしたキッカケとか……ある?」

「どうだったかな、よく覚えてないかも。それまでの自分を壊したかった……ような?」

『それまでの自分』を壊したかった——ドキッとするきつい表現だな。

「今度は両親について教えてほしい」

「あたしのお父さんとお母さんはねー、凄く優しいよ」

「わかる。それは写真を見たら伝わってきた」

「でしょ？　でも過保護なところもあってね、あたしが転んだだけで救急車だー！　って大騒ぎしていたの」

「はは、それは大変だな」

「とくに小学生の頃のあたしは外で遊ぶのが好きだったから、たくさん心配かけたかな」

楽しそうに語っているのが表情だけではなく声からも伝わってくる。

それだけ素晴らしい思い出なのだろう。

「あーそれと、家族でドライブに行くのが楽しかった」

「ドライブ？」

「うん、ドライブ。お父さんが車大好きでね、休日になると三人で車に乗って色んな観光スポットに行ったの。それでね、あたしが中学生になってからもドライブ……行って？」

「星宮？」

「あれ、変かも。小学生の思い出は覚えてるのに、中学生の途中から記憶が曖昧に……」

様子がおかしい。急に星宮は辛そうにして頭を抱えた。どう見てもただ事ではない。

「おい星宮。無理はするな。話したくないなら別に……」

「ち、違うの……。何か、何か思い出しそうな……っ！」

頭痛だろうか。星宮は痛そうに顔を歪めていた。

それでも自分の記憶を引きずり出すように、ポツポツと喋り始める。

「中学一年の頃は入学祝いで出かけて……それと中学二年の夏にもドライブに行って……確か、帰りに——あ、ぁあ……っ！」

それは、突然のことだった。

何かの衝撃に打たれたように——。

「やぁあああああああ‼」

悲鳴とも判断できない凄まじい叫び声が、星宮の口から発せられた。

「ち、ちが……あぁああああ‼」

「星宮！　どうしたんだよ！」

いきなりのことに戸惑うしかない。

星宮は発狂したように泣き叫び、自分の頭を抱えてベッドの上でジタバタと暴れ始める。

「どうしてぇえぇ‼」

「おい、しっかりしろって！」

「やぁあああああ‼」

「————っ！」

暴れ狂う星宮に触れようとしたが、思いっきり腕を引っ掻かれた。
何が……何が起きているんだよ！
ピンポーン。
インターホンが鳴る。
だが今は星宮から離れている余裕がない。
ピンポーン。
再び鳴らされる。
ピンポーン。ピンポーン。
ピーンポーン。ピンピンピンピンポーン。
「うるせえなぁ！」
気持ちは分かるけど鳴らしすぎだろ！
……いや、この連続ピンポンには覚えがある。門戸さんだ！
オレは泣き叫ぶ星宮を見て迷うが、玄関に走って行く。
そしてドアを開けると――――。
「彩奈ちゃん⁉」
「門戸さ――――」

オレを押(お)し退(の)け、門戸さんは部屋内に駆け込んだ。それも靴を脱がずに。

「な、なんだよ……っ」

オレはドアを閉めてから急いで星宮の下に向かう。

「大丈夫、大丈夫だからね、彩奈ちゃん」

「どうして……どうしてぇえええええ‼」

何に対して叫んでいるのか。

星宮はベッドの上で前屈(まえかが)みに蹲(うずくま)り、何かを拒絶するように泣き叫んでいる。

そんな星宮を門戸さんは優しく「大丈夫だからね」と語りかけながら、懸命に抱きしめようとしていた。

「も、門戸さん。これって――――」

「悪いけど出て行って！」

「え？」

「今のリクくんには何もできないでしょ！　後で説明するから外に出て！」

今までの門戸さんはだらしない大人にしか見えなかった。

しかし今の門戸さんからは凄まじい気迫が放たれており、この上なく真剣な表情でオレを睨(にら)んでいた。

「やだぁあああ‼」

「大丈夫だよ彩奈ちゃん。私がここに居るからね」

門戸さんは星宮に引っ掻かれながらも優しくあやしている。

……今のオレに、できることはない。

ひとまず門戸さんに従うことにし、星宮の家から出るのだった。

◇◇◇

「何が……起きてるんだよ」

廊下の手すりに体を預け、雲に埋め尽くされた夜空を見上げる。

未だに星宮の凄まじい叫び声が部屋の中から響いていた。

ストーカーの問題が解決して、お互いの気持ちを確かめ合って……。

これからってときだったのに――。

「……声が止んだ」

ようやく静かな夜が訪れる。

オレが振り返ったタイミングで、ドアが開かれた。現れたのは門戸さんだ。

両腕には無数の引っ掻き傷が走っていて、血が薄すら滲んでいる。

「いやーごめんよリクくん。急に追い出して悪かったねー」

ヘラヘラといつものように笑う門戸さん。さっきの鬼気迫る姿がウソみたいだ。

「あの、星宮は……」

「大丈夫、寝たよ」

「そう、ですか……」

オレが聞きたいのは、そういうことじゃない。

それは門戸さんも分かっているのだろう。

何から説明したもんかねぇ、と自分の顎に手を添えて悩んでいた。

「門戸さんは……何か知っているんですか？」

「うん、知ってるよ。あの彩奈ちゃんを見るのは三回目かな」

「三回……？」

「久々だから少し油断しちゃったなー。ひょっとしてさ、昔の話とかした？　それも車とか……自殺とか……」

「両親の話とドライブについて……」

「……ふむぅ。なんだろ、それだけなら大丈夫だったのに……。何かあって、記憶が蘇りつつあったのかな」

一体何の話をしているんだ。門戸さんは一人でぶつぶつと喋りながら考えている。

「門戸さん。オレにもわかるように説明してください」

「……いいんだね？」

「何の……確認ですか」

「聞いたら後戻りできないよ？　まず間違いなくリクくんの彩奈ちゃんを見る目が変わる」

冗談とかではなく、まさに重みのある真剣な問いかけだった。覚悟って、なんだよ。

意味がわからない。意味がわからないけど……。

「教えて……下さい」

「ま、そうだよね。普通は聞くよね」

そして門戸さんはオレの目を見据え、信じられないことを言い放つ。

「彩奈ちゃんの両親は――自殺してるんだよ」

夜風が肌を撫でつけ、全身に寒さを感じさせる。

深夜における静寂は、重過ぎる言葉を明確に聞き取らせた。

「そんな……ウソだろ……」

「ウソじゃないよ」

「けど、星宮は両親が生きているように喋っていたぞ。両親は仕事で遠くに行っているんだと……っ」

「記憶の改ざん……ってやつだね」

「……え」

「人間は自分の許容を超える辛い出来事を経験すると、都合よく記憶を書き換えるんだよ」

「だとしても……！」

さっきまで、あれほど楽しそうに語っていたじゃないか。両親との思い出を幸せそうに。

納得できないオレを見た門戸さんは、曇った夜空を見上げながら静かに語り始める。

「彩奈ちゃんの両親が自殺したのは、約三年前。彩奈ちゃんが中学二年生の頃だよ」

「どうして自殺なんか……」

「色々考えられるけど、最大の理由は罪悪感、だろうね」

「罪悪感？」

「うん。ドライブの帰りに……交通事故を起こしたんだよ」

「――――っ」

ドクン、と大きく心臓が跳ねる。

「被害者は、どうなったんですか」

「亡くなったよ」

「……………」

予想していた返答だった。

黙り込んだオレを見て、門戸さんは重苦しそうな表情を浮かべながら話を続ける。

「彩奈ちゃんの両親は激しいバッシングを浴びせられた。近所からも白い目を向けられて……彩奈ちゃんも学校で嫌がらせを受けていたそうだよ」

「それは……でしょうね……」

「彩奈ちゃんの両親は、元々優しくて誠実だと評判でね。近所や親戚からも慕われていたんだよ。もちろん私も慕っていた」

「あの、門戸さんと星宮の関係って……」

「あー、はとこ。まあ彩奈ちゃんと顔を合わせる機会は全くなかったけどね。彩奈ちゃんの両親が亡くなった後、初めて顔を合わせたかなー」

と言っても彩奈ちゃんは私に気づいてなかったけどね、と門戸さんは言葉を足した。

「話を戻すけど、彩奈ちゃんの両親は評判が良かった分、事故を起こしたときの信用の下がり方が酷かったんだよ」

「………」

「それに彩奈ちゃんの両親は本当に良い人っていうか、他人の不幸や痛みを見過ごせない人たちだった。ボランティア活動も積極的だったらしいし。だから、だろうね。自分たちが人の命を奪った事実に耐えられなかった」

「それで、自殺を……？　星宮を残して？」

門戸さんは無言で頷く。

し、信じられない。

確かに過酷な状況であることは間違いないけど、娘を残して自分たちの命を絶つなんて。

「彩奈ちゃんは見たんだよ」

「見たって、何をですか」

「自分の両親が、首を吊っているところ」

「――っ！」

「学校から家に帰ってきた彩奈ちゃんがリビングに行くと……もう二人は……」

その光景を想像してしまったのか、門戸さんは顔をしかめた。

きっと星宮は計り知れないほどのショックを受けたはずだ。

自分の記憶を改ざんするほどに、そうしなければ心を保てないほどに。

「一人になった彩奈ちゃんは祖父母の家で暮らすことになったんだけど、これが凄く大変だったらしくて……彩奈ちゃんはずっと塞ぎ込むか、さっきみたいに暴れ回っていたらしいの」

「……そう、なんですか」

「祖父母の家には両親に関する物で溢れ返っているからね。家の匂いや、祖父母……おじいちゃんやおばあちゃんを見て両親を思い出していたそうだよ」

けれど、と門戸さんは言葉を続ける。

「いつしか彩奈ちゃんは、元気になっていた。何事もなかったかのようにね」

「記憶を……改ざんしたんですね」

「そう。彩奈ちゃんの中で、両親は出張していることになった。それでも、ふとしたときに思い出すことはあったんだよ。両親に関する物を見たときにね」

「写真とかジャージは大丈夫だったんですか？」

「最初はダメだったよ。けど時間が経つにつれて、記憶の改ざんが進んだんだろうね。ある程度の物は受け入れられるようになった」

「………」

「とはいっても、祖父母を見ると両親を思い出し、まともな生活が送れなくなる……。そこで彩奈ちゃんは一人暮らしすることになったわけ。高校も地元から離れた場所を選んでね。それなら両親が出張中という設定にも噛み合うでしょ？」

「なるほど……」

「それと……彩奈ちゃんがアパートで騒いでも、大家は私だから責任を取れるんだよ。ま、私と彩奈ちゃんしか住んでいないけどね」

「あー……え？　門戸さんが大家なんですか？」

「そだよ。言ってなかったっけ？」

言ってない。門戸さんに驚かされるのは、これで何度目だろう。

「私と彩奈ちゃんは顔を合わせる機会がなかったからねー。彩奈ちゃんは私を見ても両親を思い出すことはないってわけ。関連性が全くないから」

「保護者として適任ですね……」

どのようなやり取りが行われたのか知る由もないが、門戸さんは星宮の面倒を見ることを決めたのだ。

思い返せばオレと門戸さんが初めて出会った日、あのときも門戸さんはピンポン連打していた。オレがドアを開けるなり『彩奈ちゃん！』と叫び……。

門戸さんは、ただの変人エロ漫画家ではなかったのだ。

「本来の彩奈ちゃんは、全然ギャルっぽくないよ」

「知ってます。見た目だけですよね」

「中学の頃は見た目も大人しかったかなー。これは私の憶測だけど、あのイメチェンも一種の自己防衛だろうね。自分の心を守るための演技……という言い方はおかしいか」

門戸さんは苦笑をこぼし、真面目な表情に変えて言う。

「彩奈ちゃんは記憶を偽り、見た目も変えることで、自分の心を保っていたんだよ」

「そう、だったんですね……」

星宮の過去を知り、オレは何とも言えなくなっていた。

どのような反応をすればいいのかわからない。

いや今思い返せば、このことに気がつける出来事が幾つもあったではないか。

まずオレと星宮が初めて出会った日のこと。

オレが自殺すると言ったとき、星宮は過剰に泣いていた。

もしかしたら無意識のうちに両親を思い出していたのかもしれない。

しかも星宮の一人称が変わっていたことに今気づいた。

コンビニ強盗に襲われた直後は『私』と言っていたのに、気づけば『あたし』になっていた。極限の恐怖に襲われて本来の星宮が少しだけ漏れ出たのだろうか。

他にもある。星宮は寝ているとき、泣きながら『お父さん、お母さん』と呟いていたことがあった。知ってしまえば、そういうことだったのかと納得できる。

「あの、被害者は亡くなったそうですが……家族とかは？」

「名前までは詳しく聞いてないけど、四人家族。夫婦と中学生の男の子に小学生の女の子」

「――――え」

「唯一の救いと言っていいのかわからないけど、中学生の男の子だけ助かったと聞いてるかな」

「…………」

「んや、やっぱり救いとは言えないね。きっと私なら耐えられないよ……自分だけ生き残るなんてさ」

門戸さんの言葉が遠くに聞こえる。

なんだ、これは。やけに心臓の鼓動が速くなっている。

手先が冷えているにもかかわらず、じんわりと汗が滲んできた。

『ねえリクちゃん。星宮って名字、覚えてたの？』

どうして今になって陽乃の言葉を思い出したんだ。

このときのオレは『そりゃクラスメイトだし……』と返した。

………あれ？

よくクラスメイトという理由だけで覚えていたな。

オレは陽乃以外の女の子に興味がない。

それはもう、名前が覚えられないほどに。

例えば、星宮の友達であるカナ。

オレはカナの名字を未だに知らないし、陽乃がカナと呼んでいたからオレもカナと呼んでいるだけ。

それほどまでに、オレは陽乃以外の女子に興味がない。

なのに、どうして『星宮彩奈』を覚えていた？

いくら目立つ存在とはいえ、それはカナも同じ。

にもかかわらず、オレは意識せずに星宮だけ覚えていた。

……いや、覚えるというより、知っていたのだとしたら？

脳の奥に閉じ込めていた記憶が、無意識下で溢れていたのだとしたら？

星宮が記憶の改ざんをしていたように、オレもしていたのだとしたら？

オレが中学時代に覚えていることは、陽乃との日常と、家族がはねられた瞬間のこと。

……たった、それだけ。

「どうしたの、リクくん。顔色が悪いよ」

「…………」

眠っていた記憶が鮮明に蘇り、あたかもその場に居るような再現映像が頭の中に流れる。

靴紐が解けたオレは足を止めて靴紐を結ぶ。

そして顔を上げた瞬間、少し歩いた先に居た両親と妹に車が突っ込んだ。

周囲から上がる悲鳴で騒々しくなる中、車から血相変えて出てきた三人。

優しそうな二人の大人と、一人の地味な女の子。三人は顔を青ざめさせている。

「…………っ」

頭が割れそうに痛い。それでも記憶にかかるモヤは勝手に晴れていく。

二人の大人は、星宮の部屋に置かれた写真に写る夫婦で――。

もう一人の地味な女の子は、星宮だった――。

「う、うぁ……ぁぁ……っ！」

オレは廊下の壁に背中を預け、ズルズルと崩れ落ちる。

あぁ、これか。

写真を見たときに感じた違和感の正体は、これだったのか……。

記憶のモヤが晴れていくと同時に、胸底で眠らせていた激情までもが噴出する。

あのとき――――。

「リクくん！　しっかりして！」

「オレの……」

「リクくん？」

「オレの家族を殺したの……星宮の両親かよ……！」

五章　決意

あの後、どうやって家に帰ったのか覚えていない。

気づくと自分の家のベッドで寝転がっていた。

「……朝か」

カーテンの隙間から澄み渡った青空が見える。

枕元の棚に置いてある時計を見たところ、すでに9時になっていた。

「遅刻……もう休むか」

ベッドから体を起こし、テーブルに置いているスマホを取りに行く。陽乃からメッセージが届いていた。内容は『今日は学校休むの？　彩奈ちゃんも来てないよ』というもの。

……星宮も休んでいるらしい。当然か。あの様子だとしばらく休むだろう。

「………」

星宮の両親は自殺していた。なぜ自殺したのか。

それは、オレの家族を殺したから。

いや殺したという言い方は適切ではない。

交通事故なのだから。
そうわかっていたとしても心の整理ができない。
だからと言って星宮を恨んでいるわけではないが……。
「なんなんだよ……くそ」
こんなことってあるのかよ。
ストーカー問題が解決して、星宮と付き合うことになって……。と思ったらこれだ。
今となっては鮮明に思い出せる。事故が起きた瞬間のこと。
車から出てきた星宮夫妻と黒髪の星宮……。
そして薄れていた無の感情。ゴッソリと心を抉られたように、空虚な思いになる。
体の中が空っぽになった感覚だ。久々の感覚……。
「生きるの、めんどくせー」
もう一度ベッドに寝転がり目を閉じる。何も考えたくない。
今の現実を拒絶するように、オレは意識を夢の中に落としていく。
心と体が限界だった。

◇◇◇

「……だる」

目が覚めると昼頃になっていた。この状況でも腹は減るらしい。何かが食べたい。

「なにか、あったかな」

ベッドから起き上がり、寝室から出て冷蔵庫のあるキッチンに向かう。

「……なにもねー」

冷蔵庫の中は空っぽ。なぜか期限切れのワサビのチューブだけぽつんと入っている。

「……もういいか」

すべてに対して無気力になる。再び寝室に戻り、背中からベッドに倒れる。

ボーッと天井を見上げていると、不意に星宮の無邪気に笑った顔を思い出した。

「……あーくそ。なんだよ、くそ」

涙が溢(あふ)れてくる。久々に流す涙はとても熱く、頬が火傷(やけど)しそうに思えた。

「…………」

いつも……いつも、そうだ。順調に思えても必ず何かが起きる。

運命というやつは、すんなりと幸せな道を歩かせてくれないのだ。

「やっぱオレの人生、クソだな」

陽乃に振られたときは、まだヤケクソになれる気力は残されていた。

でも今は……自殺したいと思えるだけの気力すらない。

「今、星宮はどうしてるんだろ………」

あれだけ泣き叫んでいたのだ、きっと今も辛い思いをしている……。

ピンポーン。

インターホンが鳴らされた。どうでもいい。

オレは目を閉じて寝ることにしたが——。

ピンポーン。

「………」

直感だった。インターホンを押しているのは陽乃だ。

しかし今はお昼、つまり学校の時間……。

「行く、か」

全身に疲労を感じるが、のっそりと体を起こして玄関に向かう。

ドアをゆっくりと開けると——。

「あ、リクちゃん！　って寝癖すごいね……おはよう、かな？」

「……陽乃？」

「うん私だよ！　リクちゃんの大切な幼馴染が遊びに来ましたっ！」

いつもと変わらない、太陽のような明るい笑顔を浮かべる存在が——そこに居た。

「陽乃、今は学校の時間じゃないのか」

「抜けて来たの。初めて学校サボっちゃった……てへっ」

明るいノリで可愛らしくとぼけてみせる陽乃。

いつもなら可愛すぎて悶絶するオレだが、今は何とも思えなかった。

「……なんで？」

「そんなの決まってるよー」

笑いながら『本当にわからないの？』と言いたげな目で陽乃はオレを見てくる。

「大切な幼馴染に……好きな人に会いたいから」

陽乃は優しい微笑み混じりでそんなことを言った。

オレと星宮の間に何が起きたのか陽乃は知らないはず。

それでも、何かしらの事件が起きたことを、オレが無断で学校を休んだという一点から察したのだ。これが幼馴染ということか……。

「一応ね、今から行くよーって連絡してたんだけど……見てなかったよね」

「……ごめん。まったく見てない」

「いいよ、謝らなくて。私がリクちゃんの都合を考えないで勝手に来たんだから」

違う。オレを心配して来てくれたんだ。

真面目な性格をしている陽乃は、絶対に自分の都合だけで学校をサボらない。

「……？」

ふと陽乃が手に持つスーパーの袋に気づく。中には色々と食材らしき物が詰まっていた。

こちらの視線に気づいたらしく、陽乃はスーパーの袋を軽く上げてみせる。

「あ、これ？　どうせリクちゃんのことだから何も食べてないんでしょ？　今から私が腕によりをかけて料理をします！」

ふふん、と鼻息を荒くしてやる気を見せる。全部お見通しというわけらしい……。

◇◇◇

残念なことに調理器具は一度も使用していないので埃(ほこり)を被(かぶ)っていた。オレが料理をするわけがない。

「あちゃーやっぱりこうなってた。リクちゃんは一人暮らしできない男の子だね」

「できてるぞ。今まで死なずにやってこられた」

「私が定期的に晩ご飯誘ってたからね。それについ最近までは彩奈ちゃんにお世話してもらってたんでしょー」

「…………」

「……そっか」

なにが『そっか』なのか。無言のオレから何かを見抜いたらしい陽乃は、一瞬だけ真面目な表情になるもすぐに微笑を浮かべた。

「じゃあリクちゃんは部屋で待ってて」

「わかった」

言われた通りダイニングに向かって椅子に座った。何かを考えることもなく、制服の上からエプロンをつけた陽乃を眺める。

家事に興味がないオレには何をしているのかさっぱりだが、なんか手際よく料理の準備を進めているように見えた。

しかし何というか……かつての理想だな。

オレは陽乃と家族になることを夢に見ていた。

もし現実に叶うなら、こんな感じなんだろうか。

「ごちそうさま」

「お粗末さまでした」

陽乃が作ってくれたのは親子丼だった。ふわとろの卵に、柔らかく甘じょっぱい鶏肉。たまねぎのシャキシャキ感も良かった。美味しいものを食べることは人生を豊かにする。

無気力な気持ちでいたが、少し前向きになってきた。

顔を上げたオレは、向かいに座る陽乃が嬉しそうにニコニコしていることに気づく。

「なんか、嬉しそうだな……」

「うん嬉しいよ。だってリクちゃん、いつも美味しそうに食べてくれるんだもん。作り甲斐があるんだー」

「……陽乃の作るご飯は……いつも美味しいから……」

「そっか。ありがとね、リクちゃん」

何気ない会話。その何気ない会話が、心を癒してくれる。

だからといって、避けられないことがあるのも事実だった。

「なあ陽乃」

「なあに、リクちゃん」

「星宮のこと、知ってたのか？」

「――――」

優しい表情でオレを見つめていた陽乃だが、途端に引き締まった表情に変化する。

「教えてくれ。陽乃は星宮のことを知っていたのか？」

「リクちゃん……事故のこと、思い出したの？」

その言い方から察するに、陽乃はオレの記憶事情を知っていたようだ。

「ああ。あのときの事故の加害者は、星宮の両親だった」

「――そんなっ。本当に彩奈ちゃんの両親が……！」

陽乃の顔に衝撃が広がる。顔を伏せ、どう受け止めたらいいのかわからない様子。

「星宮のこと、知らなかったのか？」

「もしかしたら、て思ってた。名前までは覚えてなかったけど、名字が同じだったから……。だから最初の頃は、なるべくリクちゃんを彩奈ちゃんに近づけないようにしてた」

「そうだったのか……」

「ただね、彩奈ちゃんが普通にリクちゃんに接してるのを見て、別の星宮さんだって判断したの」

なるほど。今の話を聞いて納得する。

オレと星宮が絡み始めた当初、陽乃は『彩奈ちゃんだけはダメ』と理由を明かさずに訴えてきた。しかし、途中からオレと星宮が結ばれることを受け入れていた。

「……星宮は事故のことを覚えてなかった」

「……え」

「……もっと言うと、星宮の両親は自殺していたんだ」

「え、あ……ちょ、ちょっと待ってリクちゃん。彩奈ちゃんと何があったのか、聞かせて」

困惑する陽乃に、オレは昨晩のことをすべて打ち明ける。

最後まで聞いた陽乃は、口を震わせて何も言えないでいた。

「というわけだ。ほんと、すごい偶然だよなぁ」

「リクちゃん……」

「もう意味わかんねぇよ」

陽乃は何かを言うことなく口を閉ざしていた。

何を言えばいいのか、わからないのだろう。

この辛い沈黙が漂う中、オレは思いついたように軽いノリで言う。

「陽乃が――好きだ。オレと付き合って欲しい」

「……え」

いきなりの告白に陽乃は驚いたらしく、目をパチパチとさせていた。

「陽乃と付き合いたい。家族になりたい」

「え、えと、その……」

「ここで一緒に暮らして欲しい。ずっとそばに居て欲しいんだ」

「お、落ち着いてよリクちゃん。急に……っ」

椅子から立ち上がったオレは、椅子に座ったまま戸惑う陽乃に詰め寄り、その両肩を掴（つか）んで思いをぶちまける。

「ずっと好きだった。気持ち悪いかもしれないけど、いつだって陽乃のことを考えていたし、目で追いかけていた」

「う、うん……」

「幼馴染としか見てないと言われたときは本当に辛かった。オレには陽乃しか居ないのに、その陽乃から拒絶されたら……もうこの世界に何の価値もなくなってしまう」

「でも今は……彩奈ちゃんが……」

「その星宮が、辛くなる元凶なんだよ！」

「リクちゃん――――」

腹の底から迫り上がってきた熱いものが喉元までやって来る。

どうしようもなく目から涙が溢れてきた。

「ああ、そうだよ……陽乃の言う通り、オレは星宮が好きだよ！　でもな、その星宮の存在がオレを苦しめるんだ！　星宮を思い出すと……家族が車にはねられた瞬間や……星宮の両親を思い出して……！」

「リクちゃん……。でも、彩奈ちゃんのことが心配なんでしょ？」

「心配だよ、心配に決まってるだろ？　好きなんだから……。それでも、もうダメなんだよ……！　星宮が……全ての始まりなんだから……！」

嗚咽(おえつ)混じりの声で全てを吐き出す。

「陽乃……オレと付き合ってくれ！　やっぱりオレには陽乃しか居ない……陽乃以外の存在に、もう目を向けたくないんだ……！」

「………」

陽乃の両肩を握る手に自然と力が込もる。

それでも陽乃は痛そうな素振りを一切見せず、オレの瞳を見据えていた。

「陽乃も……オレが好きなんだろ？」

「リクちゃん……」

「ずっとオレのそばに居て欲しい。オレ、陽乃のためなら何でも頑張れるし……いずれ結婚しよう……な？」

陽乃ならオレのすべてを受け入れてくれる。

これまでもそうだったではないか。

オレを好きと言ってくれるし、心配して家にまで来てくれる。

オレと陽乃は、いつだって一緒に――。

「………」

「はる、の？」

どうして陽乃は何も言わない。

どうして返事をしてくれない。

どうして笑いもせず、悩むような暗い表情をしているんだ……！

――また振られる。

あのときのように、振られる。

絶対に成功すると思った告白、でも振られる。

今回も拒絶されて――。

「リクちゃん」

心臓が締め付けられる思いの中、陽乃は態度を一変させるような――太陽のように明るい笑みを浮かべて口を開いた。

「いいよ、付き合おっか」

「陽乃……」

「私ね、リクちゃんに幸せになってほしいの。でもね、リクちゃんが私以外の女の子と話をしているところを見たら……きっと拗ねちゃう。それくらいめんどくさい女の子だけど、いい？」

「いいよ、いいに決まってる。そもそもオレは陽乃以外の女の子と話をしない」

「…………そっか。そうだったね」

一瞬、何かを言いたそうな素振りを見せたが、陽乃は「あはは」と明るく笑った。

「陽乃、ずっと一緒に居てほしい」

「いいよ。リクちゃんがそう望むなら……。私はリクちゃんのそばに居るね」

慈愛に満ちた微笑みを浮かべる陽乃が、オレの頬を優しく撫でてくれる。

あぁ、ようやくだ。ようやく、オレの願いが叶った。

この一ヶ月間、色んな事が起きた。

それでも、小さい頃から抱いていた想いが実った。

今までがそうだったように、これからも陽乃と二人だけの世界を歩んでいく——。

やけに寝苦しさを感じて目を覚ます。
見慣れた天井を目にし、自分の部屋のベッドで寝ていたことを認識した。
「…………」
誰かがオレの体に抱きついている。それも全身を密着させるような強い力で。

これが寝苦しさの原因か。顔を確認しなくても、その正体はわかっている。

「陽乃ー。もう朝だ」

「……んん……リクちゃん……？」

陽乃がのそっと頭を上げるのに合わせ、ふわっと甘酸っぱい爽やかな香りが漂ってきた。

「おはよーリクちゃん」

「……おはよう」

陽乃の目がしょぼしょぼしている。舌足らずな喋り方になっていた。寝ぼけている。

「その、さ……。一昨日も言ったと思うけど、抱きつくならもう少し優しくしてくれ。ちょい苦しい」

「えー。でもね、小さい頃はこうやって寝てたよ？」

「ウソだろそれは。手を繋いで寝ていた記憶しかないぞ」

「リクちゃんがね、寝てから抱きしめていたの。すんごく心地いいんだー」

だらしない笑みを浮かべると、陽乃は再び眠りつくにため頭をオレの胸元に擦り寄せた。

……距離感がすごいことになっている。今さらだけど。

陽乃と付き合うようになって二週間。オレたちは、オレの家で暮らし始めた。

もちろん陽乃の両親から許可を得ている。

「――って、陽乃、今日も学校があるんだけど」

「そだねー」

「そだねーって……。遅刻――」

「まだ大丈夫。あと五分だけ……」

オレが体を起こそうとすると、陽乃が体重をかけて押し倒してくる。

全力で甘えてくる小動物みたいで可愛かった。

あと五分……時計を見れば時間にはまだ余裕がある。

ならもう少し、この時間に浸っていいか。

◇　◇　◇

「リクちゃん急ぐよ！　学校に遅れちゃう！」

「陽乃のせいじゃないか……。あと五分を四回も繰り返してさ」

平和な街の中、オレと陽乃は小走りで学校を目指していた。

「あっ」

パタッと足を止めてしまう。あれは別クラスの女子だろうか。

いかにもギャルっぽい二人組が、車道を挟んだ先の歩道でゆっくりと歩いているのを発見した。あれこそ遅刻を受け入れて潔く歩く、真の強者の姿……。

「――――っ」

ギャル、ということから連想して星宮を思い出す。

星宮は未だ学校に来ていない。あと数日もすれば夏休みだというのに……。

担任曰く『家庭の事情』ということらしいが、実際のところは誰にもわからなかった。

噂では、このまま学校やめるんじゃないか？　とも言われている。

………星宮、どうしているんだろうな。

「こらリクちゃん！　なにしてるのっ」

「陽乃――」

立ち止まっているオレに気づいた陽乃が、ダッシュで戻ってきた。

「ちゃんと私の後ろについてこなくちゃ、メッでしょ！」

「あ、あぁ」

「一体なにを見て――――ふぅん」

陽乃の視線がギャルたちを捉える。その大きな目に冷たい光が宿った。

「リクちゃん。朝から男の子だねぇ」

「な、なんだよその変な言い方……」

「別にー。リクちゃんが誰を見ようと自由だしー。こんな可愛い幼馴染(おさななじみ)をほったらかしにして、他の女の子を眺めるのもリクちゃんの自由だもんねー」

「わるかったよ。ごめん」

「……行くよ、学校。はぐれないように、今度は手をつなごっ」

陽乃はオレの右手を強く握りしめると、ずんずんと学校に向かって歩き始めた。

嫉妬心全開の幼馴染だな……。

◇　◇　◇

校内では陽乃の振る舞いは大人しくなる。さすがに周囲の目を気にするらしい。

自席でジッとしているオレは、女友達と楽しそうに喋っている陽乃を眺めていた。

「…………」

そんな陽乃と対照的なのが、カナ。

いつも星宮といたカナは、ここ最近ずっと一人で過ごしていた。

誰かに話しかけられても上の空。おそらく星宮を心配しているのだろう。

先日、カナに呼び出しを受けたオレは校舎裏に足を運び、事情を聞かれた。

『なんでもいい。彩奈について何か教えて。あんたなら何か知ってるんでしょ？』、と。

このとき、オレは何も言えなかった。言う気分になれなかった。

それでもカナは問い詰めてきたが、そこに陽乃が現れて無理やりカナを追い返した。

それ以来、カナはオレに話しかけてこない。

「……………これで、いいんだよな」

オレと星宮は距離を置くべきだ。関わるべきではない。

何より、オレは今の生活をこよなく愛している。

いつでも陽乃がそばに居て、陽乃だけを見ている人生。これこそオレが望んだ——。

「……望んだ………」

何かを問いかけようとしてくる自分を、胸の奥に押し込める。これで、いいんだ。

放課後。陽乃から『帰りに寄りたいところがあるのっ』と言われ、大人しく手を引かれていく。到着した場所は、駅近くの広場に展開されたクレープ屋台だった。

　ここは……以前星宮と来たことがある場所……。

「リクちゃんとクレープ食べたことなかったよね？　森本さんからここのクレープを聞いて、一度リクちゃんと行きたいなーって思ってたの」

「……そうか」

　明るい笑顔で言う陽乃を見るに、オレと星宮が来た場所であることは知らないらしい。

　クレープを注文して受け取る。

　二人で食べながら帰り道を歩いていると、陽乃がオレの肩をつんつんと突いてきた。

「リクちゃんのクレープ、一口ほしいなぁ〜」

「どうぞ」

　とくに断る理由もなく、オレのクレープを差し出す。

　陽乃は嬉しそうにパクッと一口食べ、心底幸せそうに「おいしい〜」と口から漏れ出たように言った。

「リクちゃんも私のクレープ食べていいよっ」

　今度は陽乃がクレープを差し出してきたので、遠慮なく一口頂戴する。

　何気なく陽乃が口をつけていた部分を食べてしまったが、それはお互い様か。

「次はゲームセンター行こっか」

「え、なんでゲーセン……」

「リクちゃん好きでしょ？　今日は気分が乗らない？」

陽乃が不安そうに聞いてきたので、咄嗟に「行こうか」と口にした。

何か深い意味があるわけではないが、なんだか躊躇ってしまった。

そんなオレに気づくことなく、陽乃はクレープを食べながら先を歩いていく。

時折立ち止まり、クルッと振り返ってオレがついてきているのか確認する。

それで、もし思ったより距離が空いていたら――。

「リクちゃん、私からあんまり離れちゃダメだよ。手、つなごっか」

と、優しい微笑みを向けながら、手を出してくれるのだ。

ゲームセンターにやってきたオレたちは、適当に店内を見て回りながら目に留まったゲームを選んで遊んでいた。
ゲームで遊ぶというよりも、陽乃とゲーセンに居る時間を楽しんでいる。
それは陽乃も同じだろう。オレとの時間を大切に過ごしているのが伝わってきた。

「ねね、リクちゃん。次はあれやろうよ！」

店内の騒音に負けじと声を上げた陽乃が指をさしたのは――エアホッケーだった。

ドクッと一瞬だけ心臓が高鳴る。

「リクちゃん？」

「あ、あぁ……なんでもない。いいよ、やろっか」

位置について百円玉を投入口に入れる。円盤が出てきてゲーム開始だ。

何か特別なことが起きることもなく、オレと陽乃はエアホッケーを楽しむ。

円盤が壁に衝突する度に派手な効果音が台から発せられ、陽乃側のゴールに円盤が入ると「わーっ！」と陽乃が可愛らしく悲鳴を上げる……。

現在の得点は９―２。10点先に取った方が勝者で、オレが９だ。割と一方的な試合展開。

「リクちゃん！　勝負はまだ終わってないよ！　次の一点で勝ってみせるから！」

「それルール上無理なんだが！」

陽乃は星宮に比べるとエアホッケーが苦手のようだ。

……あのときの星宮は、本当に生き生きしていた。

『あたし、近所の子供たちから、エアホッケーの女王様と呼ばれてるんだよねっ！』

……今思うと、エアホッケーの女王様って称号……クソダサいな。

「チャンス！」

「──あ」

油断していた。陽乃に打たれた円盤が、高速で左右の壁に衝突して反射し、オレに反応をする暇を与えることなく──ガコンッとオレ側のゴールに音を立てて入った。

「やった！　一点取ったー！」

陽乃が子供のように無邪気に喜ぶ。その姿が──星宮と重なった。

あぁ、ダメだ。陽乃と居るのに、星宮のことを考えるなんて。最低だ。

それでも、溢れ出した感情は止まることなく──。

「ぐっ……うぅっ……っ！」

「リク、ちゃん？」

込み上げてきた熱い感情が喉を通り越し、目にまで上り詰める。

涙を隠そうと、オレは体を丸く屈めて台に手をついた。

「リクちゃん!?　そんなに私から一点取られたのショックだった!?　ごめんね！」

「ち、違う……違うんだ……！」

「…………そっか」

陽乃がオレのそばにやってきて、優しく背中を撫でてくれる。

間違いない。オレの幼馴染は、察した。

それがわかるからこそ、今の自分がどれだけ酷いことをしているのかわかってしまう。

それでも陽乃は、オレに寄り添うように声をかけてくれるのだ。

「大丈夫だよ、リクちゃん。私がいるからね。もう絶対、辛い目にあわせないから……」

ザーッとシャワーの音が浴室内に響き渡るのを聞き続ける。

体を洗うことなくオレは風呂椅子に座って今日のことを考えていた。

とくにゲーセンの一件では陽乃に気を遣わせてしまった。あれは良くない。

「星宮のことは……忘れよう」

元々関わるべきではなかった関係。

あらゆる偶然が重なった結果、星宮は学校に来れなくなるほど追い詰められてしまった。

今のオレがすべきことは、星宮を忘れ、陽乃との人生に目を向けていくことだろう。

なんてことを考えていると、突然浴室のドアが開かれる音が後ろからした。もしやと思い振り返る。

「リークちゃん！　一緒にお風呂入ろ！」

服を脱いだ陽乃が、明るいノリで浴室に踏み込んできた。

陽乃が風呂に乱入してくるのは初めてのことである。

まあ服を脱いだと言っても、オレンジ色のビキニを着ているが……。

もし裸だったらオレは卒倒していた自信がある。

ビキニというだけでも心臓に負担がかかった。

「もうすぐ夏休みでしょ？　リクちゃんと海に行くつもりで新しい水着買ったの。どう？」

「か、可愛い。めちゃくちゃ可愛い」

「ほんと？　よかったぁ。リクちゃんに喜んでほしくて、友達にアドバイス貰いながら選んだの」

陽乃が安堵したように笑みを漏らす。

その様子といい言ったことといい、何から何まで可愛らしく感じた。

オレはこの流れで陽乃の水着姿を見つめてしまう。

真っ先に思ったのは……胸、大きくなったな——という男らしいものだった。

何カップか、見るだけで判断できるほどオレは変態じゃない。

高一の頃は平均よりも少し小さいくらいだったのに、今は平均よりも少し大きいように見える。陽乃は身長が低いから、余計に胸の大きさが目立つのだろうか。

小柄ながらも健康的な腰回りだし、程よく肉付きのいい脚にはドキッとさせられる。

控えめに言ってエロい。

「むふふ。リクちゃん、私に釘付けだね〜」

嬉しさを滲ませながらも、陽乃はニヤニヤといたずらっぽい笑みを浮かべた。

「陽乃……胸大きくなったよな」

「そうなの。最近、急に大きくなり始めて…………。リクちゃんは大きいのと小さいの、どっちが好き？」

「多くの男はな、大きいのが好きなんだ。でも決して小さいのが嫌いというわけでもない。大きいのも小さいのも大好きという前提で、多くの男は大きいのが好きなんだ」

「それでリクちゃんはどっちがいいの？」

「大きいのです」

即答だった。ぺらぺらと色々語ったが、結局大きい方である。男の本能には勝てねぇや。

「へー。リクちゃん、大きいのがいいんだ。……じゃ、いいかな」

陽乃は自分の胸を見て満足そうに頷く。とりあえず納得してもらえたようで何より。

この後どうしようか、とオレが悩んでいると、陽乃が浴室の隅に置いていた風呂椅子を手にしてオレの隣にやって来る。並んで座った。

股間を見られないよう、そっと体を横に向ける。

「……陽乃、あまり近づかれると……色々意識しちゃうんだけど」

「え、今まで意識してなかったの？　私……ずっと意識してたのに」

「――っ」

想像を遥かに超えた強烈なカウンターを食らった。

威力はパンチ一発で頭部がぶっ飛ぶほど。

「そ、その……陽乃？　オレが言う意識って……エロ本的なことだぞ？」

「わかってるよ」

あっけらかんと陽乃は言い放った。これはやべぇ。

「意識してるけど、お母さんと約束してるから。健全なお付き合いをするようにって」

「そ、そうか。それなら仕方ない――」

「でもね、リクちゃんが望むなら……お母さんとの約束、破ってもいいと思ってるよ」

「――っ」

激しく殺された、理性が。

そんなオレの動揺を知らず、陽乃はまだまだ言う。

「実は……ちょっとだけ待ってたりして………っ」

「………」

少し照れくさそうに言う陽乃に、今度こそ頭が爆発した。なんだ、これは。

いやオレの幼馴染は昔から積極的だった。

だからと言ってはおかしいが、別に今の言動に違和感はない。それに今は恋人だし……。

ボディタッチは多かったし、ことあるごとにオレの視線を釘付けにしようとしてきた。

「……そういうことは、高校卒業してからに……しようか」

ふんわりと頭の中に湧いた妄想を振り払い、喉から絞り出すように言う。

もちろんオレも陽乃とそういうことをしたいと思っていたが、いざそのときが来ると少し考えてしまう。……ただのヘタレか？

「高校、卒業してから……だね。リクちゃんがそう言うなら……我慢する」

「………」

「というわけでリクちゃん、小さい頃みたいに体を洗いっこしよっか」

「洗いっこって、いや……もうお互い、色々成長しちゃってるしさ……」

「んー？　私が言ってるのは背中だよ？」

「あー」

「何を想像したのかなー。リクちゃんのスケベー」

「くっ……！」

ころころと楽しそうに笑う陽乃に、オレは顔を赤くするだけで何も言い返せなかった。

これは夢だ——。夢だとわかっている。

舞台は街中。車道では車が走り、歩道では普通に人が歩いている。至って普通の光景。

背後霊のようにオレは、靴紐が解けて立ち止まった——中学生の頃のオレを眺めていた。

「お兄ちゃん、先行くよー」

「そういうところだぞ、わが妹よ。兄が止まったら待つのも妹の役目だ」

……オレ、変な喋り方をしてる。多分、何かのアニメキャラに影響されたんだろうな。

しかも前方を歩く妹から「知らなーい。べーっ」と舌を出されて無視されていた。

オレのお母さんとお父さんはクスクスと楽しそうに笑いながら妹と共に歩いていく。

何が起こるのか知らない『オレ』は呑気に靴紐を結び始めた。

そして靴紐を結び終え、立ち上がって歩き出そうとした瞬間だ——。

オレの両親と妹に、猛スピードで車が突っ込んだ。

冗談のようにポーンと吹っ飛ぶオレの家族たち。

人間の質量とは思えない。軽い物体のようだ。

永遠にも感じられる粘りついた時間の中、オレの家族たちは地面に落下する。

微動だにしない。

周囲が騒がしくなり始める。

車から星宮の両親と、星宮が降りてきて——。

「——あ、うっ！」

バッと跳ね上がるようにして上半身が起き上がる。一瞬にして意識が現実に浮上した。

「…………」

照明が落とされた真っ暗な部屋。体感として時間帯は深夜。

ベッドで目を覚ましたオレは、全身から冷たい汗が噴き出していることに気づく。

着ているパジャマが肌に張り付いて気持ち悪い。

「……リクちゃん？」

「陽乃……」

すぐ隣で寝ていた陽乃が目を覚まし、体を起こして話しかけてきた。

「また……見たんだね」

「………うん」

毎晩、オレは悪夢にうなされるようになった。記憶が戻ってしまったせいだろう。

「おいでリクちゃん」

お母さんのような柔らかい空気感を醸し出す陽乃が、両腕を広げて誘ってきた。

オレは何も言わず、そっと陽乃の胸に顔を埋める。

すると優しく包み込むように体を抱きしめられ、徐々に気持ちが落ち着いていくのが自分でもわかった。

「このまま寝よっか、リクちゃん」

陽乃に抱きしめられたまま横になり、ゆっくりと目を閉じていく。

何も考えず、この温もりにすべてを委ねよう……。

――これで、いいのか。

そう問いかけてくる自分を無視して。

◇◇◇

何事もなく夏休みに突入する。毎日陽乃と二人で過ごし、家でも学校でも一緒に居た。

オレにとって特別で……何も変わらない平和な日々。

ただ一つ特別なことがあるとすれば、一度も星宮を見かけなかったこと。

結局、夏休みに入るまで星宮は学校に来ることがなかった。

「……さて、どうしようかな」

久々に一人きりになったオレは、リビングのソファに寝転がってボーッと天井を眺める。

夕方になった現在。陽乃がお母さんに呼ばれて家に帰ってしまったため、手持ち無沙汰になっていた。まあ晩には戻ってくるそうだが……。

一人になるとどうしても色々なことを考えてしまう。主にマイナス方面で。

「………………」

アイスでも食べようかと思い冷凍庫を開けに行く。

冷凍食品は入っているがアイスは入ってなかった。

「買いに行くか……」

財布を持ち、コンビニに行くことにした。

適当なカップアイスを何個か購入して近所のコンビニから出る。

外に出た瞬間、じわーっと熱気が全身に襲い掛かってきた。夕方であっても外は暑い。

シャツに短パンとラフな格好で来たが、それでも暑さを感じる。

街を行き交う人々も肌が目立つ服装だ。

「……アイス溶けそー」

陽乃の分も買っている。溶ける前に帰ろうか。

そうして、さっさと歩き始めようとしたときだ。

「あ、黒峰（くろみね）じゃん」

偶然にもカナと遭遇した。部屋着感のある緩い服装をしていることから、コンビニのために外に出たのだろう。

「なんか新鮮だな」

「は？　なにが？」

「カナの制服以外の姿」

「え、なんかキモイ。前から思ってたけど、黒峰って意外と遠慮なく言ってくるよね。しかも、しれっとアタシを名前で呼んでくるしさ」

「ごめん、カナの名字を知らないんだ」

「あーそれなら仕方ないかーって言うわけないじゃんコンチクショウがっ。……え、マジでアタシの名字を知らないの？」

驚愕（きょうがく）に満ちた表情を浮かべるカナが聞いてくるが、オレは無言で頷（うなず）いた。

「あーそう、へー。ま、お互い様か。アタシも……あんたの名字知らないし」

「いやさっき黒峰って言っただろ」

「は？　聞き間違いじゃない？　リクって言ったから」

「恐ろしいほどの負けず嫌いだな……。良かったら名字を教えてくれ」

「絶対イヤ」

「え……」

「こうなったら意地でも教えない。つうか教えたくない」

完全にへそを曲げてしまったカナは、腕を組んで「ふんっ」とオレから顔を背けてしまう。陽乃や星宮と比べて気が強いというか何というか……。

これで会話は終わったと判断したオレは、カナの横を通り過ぎて帰ろうとする。

「ちょい待ち」

「なに？」

呼び止められたので足を止めて振り返る。

カナは至って真面目な表情でオレを見ていた。

「この後さ……ちょっと話しない？」

カナに誘われて近くの小さな公園にやって来る。

オレたち以外に人が居ないので話しやすい環境になっていた。

……なるべく早めに話が終わるといいな。長話になるとアイスが溶けてしまう。

「ここ座ろ」

カナに言われてベンチに腰を下ろす。

やや距離を空け、オレの隣にカナも腰を下ろした。

「なんの話をするんだ？　言っておくけどアイスはやらんぞ」

「いらねーし。てか、そんな話はどうでもいいの」

「じゃあなんだよ」

「彩奈のこと」

「——っ」

心臓がギュッと摑まれたような感覚になる。

「くろみ——リクは、もう彩奈と連絡取ってないわけ？」

「取ってない」

「そ。二人に何があったのか……教えてくんないの？」

「…………」

「彩奈に何が起きたのかだけでも知りたいんだけど」

「……ごめん」

「……マジ最悪」

オレから何も聞き出せないことを理解したカナは顔をしかめて文句を漏らす。

言いたくない。もう忘れたいんだ。

「……この間、さ。彩奈の家に行ったんだよね」

「…………」

落ち着いた声で喋り始めたカナに、耳を傾ける。

「一応彩奈は出てくれたんだけど、もうホントボロボロになっててさ……。ずっと泣いてるのか、目は真っ赤で……。髪ももっさりになってて……」

「…………」

「アタシの話を聞いて笑ってくれるんだけど、絶対無理して笑ってたんだよね」

「なにが……言いたいんだよ」

「……その日の晩、アタシは彩奈の家に泊まった。そしたら彩奈、寝ながら……ずっと謝ってんのよ」

「…………」

まさかという思いを抱きながら静かにカナの言葉を待つ。

「ごめんなさい、黒峰くんごめんなさい、黒峰くんごめんなさい……って何度も何度も……涙を流しながらあんたに謝ってた」

「──っ」

「ねえ、なにがあったの？　なんで彩奈、あんなに苦しんでるの？」

「…………」

「あんた、彩奈と喧嘩でもしたわけ？　それで彩奈を一方的に拒絶して……春風と付き合い始めたとか――」

「それは違う！」

思わず声を荒らげて否定してしまう。

カナはビクッと肩を震わせたが、すぐに冷静さを取り戻して会話を続ける。

「何があったのか、彩奈に聞いても何も答えてくれないの。……もうさ、何が何やら……」

「……これに関しては、他人にぺらぺらと言えることじゃない………」

「……そ」

オレとカナはお互いの顔から視線を逸らし、うつむいてジッと地面を見つめる。

数秒の沈黙。やがてカナから口を開いた。

「……彩奈、引っ越したよ」

「……どこに？」

「田舎の方。おばあちゃんの知り合いの家だって」

「そっか」

「夏休みの間に学校もやめるみたい」

「っ」

グッと息を吞む。オレが動揺しているにもかかわらず、カナは淡々と言っていた。

「アタシ、何も知らない。彩奈に何が起きたのか。でもさ、彩奈があんなに苦しむ必要、あるわけ？」

「それは……」

「事情はわかんないけどさ。今の彩奈を救えるの……リク、あんたしかいないんじゃないの？」

カナが、オレの目を見据え、確信したように言った。

「オレには……何もできない」

「何もする必要ないっしょ。ただ彩奈のそばに居てあげたらいいじゃん」

「それが無理なんだよ」

「……意味わかんない」

「………………」

「彩奈、あんな風になるまでは、ずっとあんたのこと話してたよ。デリカシーないとかだらしないとか変なこと言ってくるとか」

「愚痴じゃねぇか」

「でもさ、こうも言ってた。黒峰くんと過ごすの、楽しいって。最高の笑顔で言ってた」

「…………」

「次の土曜。電車で、今彩奈が住んでる場所に行く」

「……それがなに」

「リクも来て」

「…………え？」

「ちゃんと彩奈と話をした方がいいよ。何があったかわかんないけど、今のままじゃダメだって」

カナが何かを言ってくるが、オレの心には届かない。

「いい？　アタシが行くことは彩奈に連絡しているから、あとはリクから――」

「…………んだよ」

「……は？」

「もう嫌なんだよ！」

「――え」

噴出した感情が抑えきれず、立ち上がって叫んでしまう。

カナが目を丸くするが、それでも止まらなかった。

「オレは……幸せに、平和に暮らしたいだけ……もう、傷つきたくない！　傷つきたくないんだよ……………！」

「わかるよ、でも――」

「お前に何がわかるんだ！　何も知らないだろうが！　オレが……オレがどれだけ……！」

耐えきれず涙がこぼれた。これまでの記憶が一瞬にして蘇ってくる。

いきなり家族を失い――陽乃に支えられ――陽乃に振られ――コンビニ強盗から星宮を助け――星宮に支えられ――陽乃と向き合い――ストーカーから星宮を助け――星宮と付き合ったと思ったら――――！

もっと普通に、平和に……生きたいだけなのに。

「ごめん……。間違いなくアタシは最低なんだろうね。リクを追い込んでるから……。それでも、これだけは言わせて」

「……なんだよ」

「彩奈を救えるのはリクだけだよ」

「――っ」

「アタシの言ってる意味、わかるでしょ？」

わかりたくない。

「色々言ってごめん。アタシは彩奈のとこに行く。何かできるとは思えないけど……。ま、友達として遊びに行く」

「…………」

「一応、電車の時間を伝えておく。朝の6時40分。駅前で待ってるから……」

「……オレ、行かないぞ」

「そ」

短く返事したカナは、一度だけオレの目を見つめた後、ベンチから立ち上がりオレに背を向けて歩き始める。一度も振り返ることなく公園から去って行った。

「…………」

星宮を救えるのは、オレだけ……？

「そんなこと、最初からわかってんだよ」

カナと別れた後、家に帰ったオレは何かをすることなくソファに寝転がって天井を眺めていた。陽乃が帰ってきても、ひたすらジーッと天井を眺め続ける。

「リクちゃん。どうしたの？」

「…………」

「リークちゃん！　えいっ！」

「──ぶほっ」

陽乃が胸からオレの体に飛び乗ってきた……！　衝撃でソファから軋む音が微かに鳴る。

「ねえねえ～。こんな可愛い幼馴染がいるのに～。どうして天井ばかり見てるのかな～」

妙に粘っこい喋り方をする陽乃が、べたーっとオレの体の上で寝そべって聞いてくる。

……やばい密着感だ。陽乃の顔が視界いっぱいになるほどすぐそこにあるし、体重で体を押し付けられている。

「陽乃。男としては嬉しいんだけど、理性がぶっ飛ぶからやめてほしい」

「んぅ？　理性、ぶっ飛んじゃっていいと思うよ」

にやり。陽乃が何度か目にしたことのあるいたずらっぽい笑みを浮かべた。

「陽乃……」

「リクちゃん。また悩んで辛い思いをしてるんでしょ？」

「まあ……」

「そんなのダメだよ。私ね、いつでもリクちゃんには幸せな思いでいてほしいの。……私にできることなら何でもするよ」

陽乃の瞳が決意に満ち溢れている。

オレのお願いなら本当に何でも叶えてくれそうな気がした。

「リクちゃんが何に悩んでいるか、当ててみよっか？」

「うん」

「彩奈ちゃんのこと」

「……うん」

やはり何でもお見通しか。幼馴染には敵わない。

ゆっくりと体を起こした陽乃は、ソファに座り直す。

オレもその流れに従ってソファに座り直した。

「ふと……星宮のことを考えちゃうんだ」

「彩奈ちゃんのことを……」

「心配なんだ。星宮は今も辛い思いをしている」

「一番辛いのはリクちゃんだよ」

「………」

オレは否定も肯定もしなかった。きっと星宮はオレと同じくらい辛い。

いや、オレ以上に辛いだろう。

オレには陽乃という人生を支えてくれる優しい幼馴染がいた。

でも星宮には、そこまで寄り添ってくれる存在がいるだろうか。

カナという友人がいるにせよ、星宮が過去に何があったのかをカナに打ち明けなかった時点で、残念だがそれくらい心理的な距離があるということになる。

それに星宮自身の性格もある。

星宮は……罪悪感を感じていた。

カナによると、星宮は夢の世界に居てもなおオレに謝り続けている。

両親が事故で人を殺め、その両親が自殺し……つねに罪悪感に囚われる……。

こんなにも辛い人生、他にあるのか。

「……オレが何をすべきなのか、わかってるんだ」

ただ一言、星宮を恨んでいない、そう伝えるだけでいい。

それだけで星宮の心は幾分か救われるはずなのだ。

もちろん実際のところ、あの事故をオレの中で割り切れているのかというと、決してそうではない。だが『事故』であることは理解している。

もうこの世に、加害者は存在しない。

星宮を思い出すと、辛い記憶まで思い出すのは事実。

だからこそ、オレ以上に星宮は辛い思いをしているんじゃないかと思ってしまう。

「リクちゃんは今も彩奈ちゃんが好きなんだよね。彩奈ちゃんとどうなりたいの？　今後どうしたいの？」

陽乃の冷静な問いかけ。その答えは以前から出ていた。

「星宮と……生きていきたい。オレが、星宮を守りたい」

「…………」

陽乃が黙り込み静寂が訪れる。それでようやく自分が何を言ってしまったのか理解した。

「ご、ごめん陽乃！　ちが、違うんだ！　オレは陽乃のことが好きだから……！」

さっきの発言は、陽乃と付き合いながら陽乃を否定したようなもの。

けれど、陽乃は優しい笑みを浮かべる。

「あはは、なんだかリクちゃんの本音をようやく聞けた気分だよ」

「……ごめん。でも、その……星宮を本当の意味で理解し、寄り添えるのは、多分オレだけだ。オレしかいない」

「それならね、リクちゃんは彩奈ちゃんのところに行かなくちゃいけないよ」

「…………いやだ」

「え？」

「わかってるけど……怖いんだよ。ただ怖い。また何かが起こるかもしれない。予想もできない何かが……」

「リクちゃん……」

「痛いのは嫌だ。心が乱されるのも嫌だ。平和に生きたい……平和に」

オレの吐き出す言葉を陽乃は静かに聞き続ける。

「オレ、陽乃が居ないとダメなんだよ。陽乃のそばにいたい。陽乃から離れたくない。陽乃なしでは生きていけない」

「それはウソだよ、リクちゃん」

「ウソなんかじゃ――」

「彩奈ちゃんと居るとき、どうだった？」

「あっ――」

小さい頃から陽乃に頼って生きてきたオレだが、星宮と居るときは普通の自分になれていた気がする。

陽乃のことをたまに思い出すことはあったが、今ほどすがるものではなかった。

「彩奈ちゃんと居るときのリクちゃんは……きっとね、自然体に振る舞えていたと思うよ」

「…………」

微笑を浮かべる陽乃に、何も答えられなかった。

黙っていると、突然陽乃に抱きしめられた。

それも強く、体と体を一つにするように……強く抱きしめてくる。

「私はリクちゃんが大好き。ほんとに大好き。大好きでたまらないの。私以外の女の子と話をしているだけでムッてなるし、リクちゃんが私以外の女の子と付き合うなんて想像もしたくない」

「陽乃……」

「でもね、それでもやっぱりリクちゃんの幸せが一番だから……。リクちゃんは、自分の思いに従って……彩奈ちゃんのところに行くべきだよ」

陽乃は顔を上げてオレの顔を見つめる。優しく笑っているけど——泣いていた。

陽乃の頬には幾本もの光の筋が浮かび上がっている。

そして嗚咽を我慢しているような、微かに震えた声で言葉を続けた。

「リクちゃんは私に囚われちゃってる」

「そんなこと、ない……。オレ、陽乃が好きだから……」

「うん、ありがとね。すごく嬉しいよ。私もリクちゃんが好きだから……。だからこそ、リクちゃんにはもっと広い世界を見てほしいの」

「広い、世界……」

「リクちゃん。私という鳥籠から、飛び立って。きっとリクちゃんなら大丈夫だから」

「陽乃――」

喋るたびに陽乃の目から涙が溢れていく。それはオレとの別れを意味していて、そのことを何よりも陽乃自身が理解しているから――。

「もしね、目指す場所に到達できなくて疲れたら……また戻ってきたらいいの。幼馴染の場所に」

「…………んっ！」

「リクちゃんの言う通り、この世界で彩奈ちゃんに寄り添えるのはリクちゃんだけだよ」

「陽乃……陽乃……！」

陽乃という幼馴染が、本気でオレを想ってくれているのが痛いほど伝わってくる。

だって陽乃は自覚があるほど独占欲が強くて、嫉妬深くて……。

にもかかわらず、オレだけの幸せを考えているのだ。

涙が止まらないくらい、辛いのに……！

「リクちゃん。私のことは気にしなくていいの。凛々しく、自由に空を飛んで」

「自由……」

「きっとね、そういう意味も込めて、『凛空』って名前を付けてもらったんだよ」

「――っ」

名前の意味なんて考えたことがない。両親に聞いたこともなかった。

あぁ、それでも。今のオレを、お母さんとお父さんが見たら……どう思うんだろう。

妹からも舌を出されてバカにされそうだ。

「リクちゃんなら大丈夫……。もう私が居なくても生きていけるから。だって、ようやくリクちゃん自身がしたいことを見つけたんだから」

「うん……うん……っ！」

「あはは、そんなに泣いたら……カッコいい顔が台無しだよ？」

オレは泣いていたらしい。気づかなかった。

やけに頬が熱いな、とは頭の片隅で思っていたけど……。

「陽乃も……泣いてるぞ」

「私はいいの。失恋したときって、泣くものでしょ？」

「……そう、かな」

「そうだよ。あははは」

泣き顔でくしゃくしゃの陽乃は、それでも明るい笑顔を浮かべてみせるのだった。

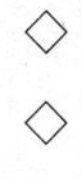

話が一段落して空気が弛緩していく。落ち着いた雰囲気を取り戻しつつあった。

オレと陽乃はソファに並んで座り、何も言わずに今の雰囲気に浸っていた。

「……ま、まあ、うん。私、彩奈ちゃんには勝てないなーって実は思ってたの」

「え？」

「ちょっと待っててね」

そう言うと陽乃は寝室に向かい、そして右手に一冊の本を持って帰ってきた。

あれは——門戸さんから貰ったエロ本だ‼　なぜ⁉　ベッドの下に隠してたのにぃ‼

「あ、えと、その……陽乃様？」

「……えっちな本だねぇ」

目をキュッと細めた陽乃が、表紙をじぃーっと見つめながら言う。

ちなみにエロ本の表紙には、星宮にそっくりのギャルが描かれている。

「この子、彩奈ちゃんにそっくりの女の子だねぇ」

「そ、そうだねぇ……っ」

「リクちゃん、元気な男の子だねぇ」

「ご、ごめんなさい！」

「リクちゃん正座」

「あ、あの……？」

「リクちゃんにこういうの、まだ早いもん。最後に……お説教しちゃうからっ」

そう言った陽乃は、可愛(かわい)らしくテヘッと笑った——。

六章　希望に向かって逆方向!!

「やっぱ、リクのやつ来ないかー」

駅の改札口前で待ち続けるアタシは、時間を確認してため息をつく。

「アタシ一人で彩奈のとこに行くしかない……」

あの二人に何が起きたのかわからない。だからなんだ。わからないからと言って、大切な友達を見捨てたくない。アタシなりにできることを探そう。

それにリクのあの反応、アタシには想像できない何かが起きたんだと思う。

リクは来ないと諦め、歩き始めたときだ。

「カナ！　待ってくれ！」

「……たく、来たんじゃん――――え」

振り返ると、シャワーを浴びた後のように汗をかいたリクの姿がそこにあった。

「きたなっ。なんでそんな汗かいてんの」

「は、走ってきたんだ……。寝坊しちゃってさ。朝、早すぎるだろ」

「寝坊ってアンタ……。まあいいけどさ」

リクは息を整えてからあたしの下に歩いてくる。

なんとなく……なんとなく、以前とは違う雰囲気を感じた。

「じゃ、行こうか。カナ」

「……なんか、変わった？」

「あー、わかる？　ちょっとだけ前髪を切ったんだ」

「知らないし、そういうことじゃないってば。……以前のリクは、誰かの後ろにいるイメージだった。でも今は自分の足で歩いてる感じがする」

アタシがそう言うと、リクは少しだけ考える素振りを見せてからハッと思いついたように言う。

「そうだな……。今日は、人生で一番頭が冴え渡っている気がする。清々しい気分だ」

「ふぅん」

その言葉にウソはない。本当にリクの顔は晴れ渡っていた。

まるで憑き物が落ちたみたい。

アタシたちは改札を通り過ぎてホームに向かう。ちょうど電車がやって来た。

するとリクが電車を見ながら——。

「——もう無理死のう」

「は？」

え、まさか飛び込み——。

「そんなことを言っていた時期もあったなぁ」

「何言ってんのアンタ。まじふざけんな」

アタシが軽く睨み(にら)を利(き)かせてもリクは飄々(ひょうひょう)としていた。なにこいつ。

でも電車に向かって歩いていくリクは、なんだかキリッとした顔をしていた。

もう歩き方から堂々としていて、その雰囲気からは一切の迷いがない。

「カナ」

「ん？」

「星宮(ほしみや)を迎えに行こう」

「お、おぉ……」

真っすぐな瞳をするリクにはっきりと言われ、少しドキッとした。

一本の芯が通ったような、そんな力強さを彼から感じた。

……以前会ったときとは別人だ。

彩奈とリクに何があったのか、アタシにはわからない。

アタシが知るべきではないのかもしれない。

けれど、今のリクからは、すべてを任せてしまってもいいような……。

それだけの頼もしさがあった。

そうしてリクは電車に乗り込み、ドアが閉まった――あっ！

「リク！　ちょっと待って！　それ……違う電車！　逆方向に行くやつ！」

「……えっ」

クルッと振り返るリク。ドア越しにアタシたちは見つめ合った。

「ちょ、バッカじゃないの⁉　なんで違う電車に乗って……っ‼」

「い、いやいや！　雰囲気的にこの電車かと――あ」

無情にも電車は出発し、そのままリクは見知らぬ場所に運ばれていった――。

……………。

「はぁ……やっぱりアイツじゃダメかも」

了

あとがき

本作は、カクヨムに投稿していた作品を改稿したものとなっています。

ストーリー展開を変更し、最初から最後まで好きなように書かせていただきました。

どうでしょう？　面白かったですか？　面白いですよね！

僕は面白かったです！

だから一巻打ち切りになっても満足です！

……ウソだよ、ウソに決まってる。もっと書きたい（率直）。

作家として問題かもしれないけど、多分この作品で一番楽しんだのは僕。

作品の魅力を限界まで引き出す、そのことだけを考えて執筆しました。

内容としては…………どうなんでしょうね？

個人的には面白いストーリーになっているのですが、当然読者の方々も楽しめるとは限りません。プロの作家は、読者を楽しませることを前提に執筆するそうです（どっかで聞いた話）。

僕も基本的にそうしていますが、今回は僕が楽しめるラノベとして執筆・改稿しました。

ええ、だからこそ執筆中は不安でした。『これ、本当に大丈夫なのだろうか？』と。

原稿を担当編集者に送る時、心臓がバクバクでした。

『この内容だと本にできませんよ』と言われたらどうしよう、と。

原稿をメールで送った瞬間、僕は「ぐわぁあ！　まじで送っちまったー！」と頭を抱えて悶えました（ネタじゃなくてガチ）。あんなに取り乱したのは何年ぶりでしょうね笑。

色んな感情に振り回されましたが、書籍化作業はとても楽しかったですし、その機会を与えてくださった担当編集者様に感謝しております。

そしてイラストを担当してくださったなかむら先生に感謝しております。

キャラデザの段階で「おぉ……」と声が漏れました。

あとは、読者の方々が楽しめるか、です。

きっと様々な感想があるでしょうし、なんなら感想がないかもしれません。

それでもいいです。

一人でも多くの人に、僕の面白いを感じてもらえれば最高です。

コンビニ強盗から助けた地味店員が、同じクラスのうぶで可愛いギャルだった

令和４年１月20日　初版発行

著者――あボーン

発行者――青柳昌行

発　行――株式会社KADOKAWA

〒102-8177
東京都千代田区富士見2-13-3
0570-002-301（ナビダイヤル）

印刷所――株式会社暁印刷

製本所――本間製本株式会社

ISBN978-4-04-074396-7 C0193